周莲珊 主编

铭 著

域使者

山西出版传媒集团 山西教育出版社

图书在版编目（CIP）数据

西域使者 / 李铭著. —太原：山西教育出版社，
2018.9（2019.11 重印）
（"一带一路"人物传奇 / 周莲珊主编）
ISBN 978 - 7 - 5440 - 9748 - 2

Ⅰ. ①西… Ⅱ. ①李… Ⅲ. ①长篇小说—中国—当代
Ⅳ. ①I247.5

中国版本图书馆 CIP 数据核字（2017）第 315455 号

西域使者

XIYU SHIZHE

出 版 人	雷俊林
选题策划	李梦燕
编辑统筹	朱 旭
责任编辑	朱 旭 李 飞
复 审	李梦燕
终 审	潘 峰
装帧设计	陈 晓
印装监制	蔡 洁

出版发行 山西出版传媒集团·山西教育出版社
（太原市水西门街馒头巷7号 电话：0351 - 4729801 邮编：030002）

印 装	山西天每印业有限公司
开 本	850×1168 1/32
印 张	8
字 数	150 千字
版 次	2018 年 9 月第 1 版 2019 年 11 月第 2 次印刷
书 号	ISBN 978 - 7 - 5440 - 9748 - 2
定 价	22.00 元

如发现印、装质量问题，影响阅读，请与出版社联系调换。电话：0351 - 4729718。

《"一带一路"人物传奇》总序

周莲珊

"一带一路",指的是"丝绸之路经济带"和"21世纪海上丝绸之路"。2013年9月和10月,中共中央总书记、国家主席习近平在出访中亚和东南亚国家期间,先后提出共建"丝绸之路经济带"和"21世纪海上丝绸之路"的合作倡议,得到国际社会高度关注。

习近平同志"一带一路"倡议,旨在借用古代丝绸之路的历史符号,积极发展与沿线国家的伙伴关系,促进包括欧亚大陆在内的世界各国共同发展,构建一个互惠互利的利益、命运和责任共同体。

加强合作,建设更加美好的未来,意味着我们不仅要开拓思路,积极顺应世界发展的潮流,更应该向历史学习,吸收其中的营养,汲取经验和力量,为未来的发展注入新鲜活力。

2013年以来,中国图书市场上关于"一带一路"的图书选题就已层出不穷,总体看下来,大多都是学术研究型、理论型和史料型的图书。经过对图书市场关于"一带一路"选题持续一年多的调查分析,我们深深感到,有必要为我们的普通读者,尤其是广大的青少年读者，以及数百万的中小学老师和家长，策划、出版一套表现中华民族开拓"丝绸之路"这个伟大主题的、用文学的形式来诠释"一带一路"倡议思想精华的图书。

我们将目光聚焦在长篇小说这一领域。小说属于文学创作，可以把历史梳理得更透彻，把历史人物写得更生动，把历史故事讲述得更动听，把中国文学的语言美发挥得更淋漓尽致。这样，创作出来的作品，会更利于读者接受和理解，更利于我们传播"一带一路"倡议，激发读者更多的自豪感！我们的思路是这样的：以史为基，又不囿于历史，在史实的基础上，进行适度的文学创作，用优美的文字，结合环环相扣的动人的故事情节，塑造栩栩如生的人物形象，将在丝绸之路上做出过杰出贡献的人物，用长篇小说的形式表现出来，既普及相关历史知识，又增强可读性，给读者以文学的滋养。

思路清晰之后，经过与出版社的沟通，首先，我们从"陆上丝绸之路"和"海上丝绸之路"的相关历史人物中挖掘、筛选，确定了十位代表人物；其次，我们围绕着这十位代表人物，放眼国内作家，确定了十位中青年作家执笔，共同创作这套系列丛书。

我们这套书的写作，约请的都是活跃在当代中国文坛的中青年作家——

《西域使者》分册，由辽宁省文化艺术研究院作家编剧李铭执笔。他的多部小说作品获辽宁省文学奖、《鸭绿江》年度小说奖等。

《羊皮手记》分册，由"90后"作家范墩子执笔。他是陕西文学院签约作家，鲁迅文学院第32届作家高级研修班、西北大学作家班学员。

《智取真经》分册，由本名金波的若金之波执笔。他2014年起转型从事儿童文学创作，《妈妈的眼泪像河流》等四部图书获2009年度冰心儿童图书奖。

《妙笔丹青》分册，由辽宁省作家协会第十届签约作家叶雪松执笔。他是鲁迅文学院第二十届少数民族作家班学员。

《丝路女神》分册，由福建省作家协会会员慕榕执笔。他是中国寓言文学研究会会员，现供职于福建少年儿童出版社。

《丝路奇侠》作者周莲珊，儿童文学作家，图书策划人。多部作品获冰心儿童文学奖、"中日友好儿童文学奖"一等奖等。策划的图书曾荣获冰心图书奖和2012年辽宁省"五个一"工程奖等。

《楼兰楼兰》分册，由军旅作家张曙光执笔。他现任职于武警总部政治工作部《人民武警报》社。

《跨海巡洋》分册，由全国十佳教师作家陈华清执笔。她是广东省作家协会会员，中国散文学会会员，湛江市作家协会副主席。

《圣殿之路》分册，由中国作家协会会员赵华执笔。他是中国科普作家协会会员，鲁迅文学院第六届高研班学员。曾获全国优秀儿童文学奖、华语科幻星云奖、冰心儿童新作奖等多个奖项。

《盛唐诗仙》分册，由蒙古族儿童文学作家贾月珍执笔。她是鲁迅文学院第12期少数民族作家班学员，曾获第十一届索龙嘎文学奖（内蒙古自治区最高文学奖）。

确定了人物，找好了作者，要写好这个系列的书稿，创作难度依然非常之大。每一本书，每一个人物，每一个章节，每一个故事……主编、作者、编辑，来来回回，反反复复，推敲，修改，研磨，追寻创作素材，深挖历史人物背后的**故事**。过程中的艰辛，历历在目。

终于，丛书成稿。

无论主编、作者还是编者，我们共同的目标，就是给读者以更丰富的精神食粮，让读者通过生动优美的文字、扣人心弦的故事、启迪人心的人物，获得全新的视角，得到更加丰富的阅读体验，进而增强民族自豪感，以更饱满的热情进行我们的国家建设。

在创作过程中，每位作者都研究、阅读了大量国际、国内有关历史研究，并参考了海量的相关图书和资料。但百密一疏，即使这样，书中难免出现这样或者那样的不足或错误，恳请读者在阅读过程中，发现错误，批评指正。

主编：周莲珊，儿童文学作家，儿童图书策划人。多部作品获冰心儿童文学奖、"中日友好儿童文学奖"一等奖。策划、主编的图书曾荣获冰心图书奖和2012年辽宁省"五个一"工程奖等。出版长篇小说三十多部，童话集、儿童绘本、长篇励志版名人传记等多部。

目录

序言

回归故里

元鼎三年（前114年），秋天的一个黄昏。

夕阳西下，一驾马车行驶在陕西汉中城固大地上。萧瑟的风吹过，路上行人稀少。马车里坐着一个患病的长者，他不时地咳嗽着。

赶马车的仆人放慢了速度，朝着车里问道：

"大人，您要不要休息一下？"

马车的帘幕被轻轻撩起，他是当朝位列九卿的大行张骞。很显然，他现在身体很虚弱。张骞用手遮挡着外面的强光，问道：

"童儿，到了哪里？"

叫童儿的仆人答道：

"大人，我们到了汉中城固地界，马上就要到家了。"

"哦，城固，胡城，家……我张骞要回家了。回家好啊，好啊……"

张骞剧烈地咳嗽起来。

童儿慌了，赶紧勒住马车，下来查看究竟。童儿给张骞拿了水，张骞这才安静下来。

童儿："此地距离胡城一个时辰，夫人在家里等大人回去吃饭呢。"

"好，好，不急，不急，童儿，你慢点赶车，叫我看看今年城固的收成如何。"

童儿答应着，马车在小路上慢慢走起来。

张骞看着车外的景色，这熟悉的地方，魂牵梦萦的故土，曾经在他梦里出现过无数次。张骞的脑海里浮现出童年和伙伴们在田野高山玩耍，在汉江戏水的画面……想着，张骞竟然孩童般吃吃地笑了。

童儿回头问："大人，您为何发笑?"

"光阴如流水，青春不再啊。童儿，我当初离开城固，走出秦岭，也是你这般年龄。一转眼，我已垂垂老矣。"

童儿眼尖，看到路边一片野菜茂盛，就问：

"大人，听说咱们这儿的汉菜还是您当初从西域带来的呢?有没有这回事啊?"

张骞笑了："还真是，这汉菜已经遍布山野了。想不到啊，想不到。"

张骞开始给童儿讲述汉菜的故事：

"那一年，我们出使团到达安石国。他们那里以前都是游牧，老百姓生活很落后。我们就在那里帮助他们修建水渠。可是，那个村庄的老百姓太穷了，根本没有粮食，吃不饱肚子自然干不动活计。这个时候，我看到山坡上有一片野菜，但是叫不出名字，当地的人也不认识。我摘下叶片放在嘴里嚼了嚼，这种野菜味道还不错。我见自己没中毒，胆子就大了，多采摘了一些放到沸水里煮熟。这种野菜很好吃，在嘴巴里滑溜溜甜丝丝的，以我的经验，自然知道这是无毒的野菜，可以放心食用。"

童儿问：

"大人，为了西域的人，万一您要是中毒，岂不可惜?"

张骞笑道：

"战乱频频，你争我夺，最倒霉的是天下黎民百姓。拼杀那么多年，张骞才知道，杀得一方天地，不算征服；以德惠天下，才算不枉此生。"

童儿摇头：

"大人说得太过深奥，童儿不太懂。不过，我听爹爹说，这汉菜原来都是绿色的，有一些品种变成红色，也跟大人有关系。"

张骞捻须微笑不语。

"爹爹还说，叫我陪侍您左右，跟您多长见识。听说大人收集汉菜种子，培育栽种成功。那日高兴，您亲自割菜，不想刀刃划破手指，手指滴血，滴落在汉菜上，所以长出了一种红色的汉菜。"

张骞点头：

"划破手指是真的，但那红色的汉菜可跟我无关。不过，看到这汉菜遍及大汉土地，人们吃了这小小叶菜还能想着张骞，老朽值了。"

童儿不住嘴地夸赞：

"大人可不只办了这一件好事。听我爹爹说，咱们现在的胡桃、黄瓜、石榴、葡萄……好多珍稀物种都是大人从西域那边带过来的……"

张骞频频点头，耳边突然听到江水的涛声阵阵。

"童儿，什么声音？"

"大人，是汉江水。"

"哦，是汉江啊。汉江，骞又回来了，我的那只白银狐该有多大了？我的白崖村还是那个样子吗？少小离家，如今重回，真是人生若梦啊……"

张骞满脸泪花，他的眼前浮现出往昔的一切……

大漠狼烟，铁骑横行，塞外何家？

叹中原汉土，屡遭进犯，江山一片，卷进胡沙。

九曲黄河，长安一望，羌笛声声乱胡笳。

斜阳下，痛一行征雁，泣血天涯。

谁人受命还发，历热浪浊风与恶沙。

忍十年幽禁，不畏屈辱，持守汉节，两鬓失华。

玉门关外，葱岭以西，丝路迢迢逐流霞。

过滇越，又西行诸域，博望勋嘉。

——《沁园春·西域使者》

第一章

≋

英雄少年

1.精通水性

"汉之广矣，不可泳思。江之永矣，不可方思。"

这是《诗经·国风·周南·汉广》里著名的诗句，意思是汉江之水浩荡宽广，不能让我游泳渡河；汉江之水漫漫长流，不能让我坐木筏渡江。诗句描写一位男子爱上一位江上往来的姑娘，但是瞻望难及，诗中充满了深深的遗憾和徘徊。

奔涌不息的汉江水，孕育了汉江两岸的生灵，也衍生了很多久远的故事和传说。

这是一个叫农人期待的春天。桃花的芬芳沁人心脾，惹得几只刚长出翅膀的蜂儿嗡嗡地前来采蜜。被汉水冲积而成的河床低洼处，形成了一个又一个小水塘，一群白鹅在水中悠闲地游来游去。

远处，农人们忙着插秧，一棵棵稻苗在水田里排列成整齐的方队，俨然一列列士兵在站岗。

"二叔！快！二婶喊你回家……"

一个穿着白褂子的年轻后生，急匆匆地朝着插秧的人跑来。尽管气喘吁吁，但仍然掩饰不住脸上的兴奋。

"慢慢说！是不是你二婶生了？"

"嗯！嗯！是啊，二婶生了个男娃。接生的三婆让我来喊您。"

还没见他说完，这后生自己就笑得蹲了下来。

"笑什么嘛，看把你欢喜的，怎么比我这当爹的都高兴？"

"哈哈，二叔，您不知道。真的是太逗了，您家这刚生的娃，被三婆接生出来，一泡尿就溅了三婆一脸。哈哈哈……"

二叔也被逗得哈哈大笑起来，两个人一边笑一边往村里疾步走去。

这个"二叔"叫张汉灵，他得的这个宝贝儿子就是后来被称作"丝路使者"的张骞。

时间过得真快，一转眼几个年头过去了。汉江水依然在奔腾咆哮着，小村庄的人们依然过着日出而作日落而息的生活。

那个往三婆脸上溅尿的小娃已经五岁了，他爹张汉灵找到斗山书院的周敬梓先生为孩子取名张骞。先生说这个字取自《广雅》里面的一句"骞，飞也"，是高飞的意思。周先生说这孩子骨骼清灵，天资聪颖，气质不俗，是一块好玉，长大后定能成才。

小张骞也真是不负父母和先生的期望，小小年纪就爱折腾，四五岁就敢和村里的孩子们下汉江游泳。说来也奇怪，也不知道他是怎么学来的，一下到水里就变成了鱼一样，好像天生就应该在水里的。比他大的孩子都没有他的水性好。因此，小伙伴们给他取了个外号，叫"水耗子"。

张骞两岁那年，父亲张汉灵去镇上赶集，在回来的路上捡到了一个弃婴。从此，张家便又多了一个儿子。他是张骞的弟弟，取名张謇。

弟弟的到来，丝毫没有给小张骞带来嫉妒和失落。他看着弟弟躺在母亲臂弯里吃奶时，竟然会伸手像母亲一样，轻柔地抚摸弟弟的头发。就这样，小哥俩在父母的关爱中慢慢地长大。

浩浩荡荡的汉江水和辽阔湛蓝的天空给了张骞自由宽广的天地。在这样一个水草丰美、世外桃源般的环境中生活，张骞自然也养成了善良纯真的天性。

这一天午后，小张骞吃过午饭，趁父母忙着做家务之际，他照例溜出来跑到江边。每天这个时候，都是他和小伙伴们在水中嬉戏的时光。正午的阳光把江水晒得暖烘烘的，温度正适宜游泳。张骞眯起眼睛，把头从江水中伸出，让身子漂浮在水面之上。他微闭双眼，享受着太阳的温暖和江水的沁凉，别提有多惬意了。

突然，一个水浪向张骞涌来，张骞感觉到身上顿时有了一些凉意。他直起身子，向远处张望。不知什么时候，天上已乌云密布，起风了。江水卷起浪花，一波一波涌来，看来是要下雨了。

"水耗子，快上岸吧，要下雨了！"

小伙伴们已经都爬上岸了，只剩下张骞一人还在江中，张骞也准备向岸边游去。他突然发现，远处依稀可见一个白色的人影，似乎有人在水中挣扎。

"不好！有人落水。"

张骞顾不得多想，朝着江心游去。

这时，硕大的雨滴已经开始杂乱地朝江面砸来。小张骞隐约听见岸边小伙伴们的呼喊，他已经顾不得那么多了。救人要紧！他猛地憋了一口气潜入水中，朝着落水的那个人游去。可是风太大了，浪也太大了。他小小的身子顷刻间就被江水吞没。岸边的小伙伴们被眼前的情景吓呆了，一些人拼命喊着：

"水耗子！水耗子！快上来啊！张骞！张骞！你在哪里啊……"

江水没有回声，它不理会孩子们焦急的呼唤。

雨停了，风住了。浑身湿透的孩子们在岸边打着冷战，他们目不转睛地盯着江面，祈祷着他们最喜欢的水耗子能回来。

天色开始黯淡，躲进云层中的太阳给江水抹上了一袭夕阳红，调皮地隐在了江水的尽头，再不出来了。

孩子们渐渐失望了，尽管他们无法接受水耗子被江水卷走了的事实。他们不甘心，筋疲力尽地沿着汉江往下游寻找。

走了不多远，他们迎面遇到了浑身湿漉漉，手中抱着一只毛茸茸的小东西的张骞！张骞笑眯眯地看着小伙伴们。他的怀里是一只白色的狐狸，它正在瑟瑟发抖。

小伙伴们惊讶地喊起来：

"张骞，我们以为你被江水冲走了，再也回不来了。"

"对啊，我们特别伤心，小三子都跑回家去通知你爹娘了呢。"

张骞大笑起来：

"我张骞的水性你们又不是不知道，这点风浪无妨矣！"

小伙伴们簇拥而上，把张骞围在中间，大家又是惊又是喜，又是哭又是笑。

"哎哎哎，快让我透透气！哎哎哎，累死我了！谁的胳膊搂我这么紧啊？"

孩子们围着张骞雀跃欢呼起来。

"水耗子，快说说，那么大的浪，你是怎么上来的？我们都以为你被……"

张骞喘了口气，给大家讲述事情的经过。

"我救了它以后，被浪冲到了下游。漂浮的过程中，我看到岸边正好有一棵树，拼命抓住树枝才没被卷走。这小家伙的腿受伤了，我们帮它包扎吧。"

"这小家伙是只狐狸吧，我看像。"人群中一个大一些的孩子说。

"这只小狐狸真漂亮，你看它的眼神，楚楚可怜的样子。"

"不是，不是可怜，是感恩。我看它是感谢咱们的搭救之恩呢。"

张骞说：

"是善，多么善良的眼睛。咱们还是把它放生了吧。"

在张骞的提议下，小伙伴们把这只小银狐在岸边放掉了。小银狐一步三回头，舍不得离开张骞和小伙伴们。说来也奇怪了，天本来都黑了，但小银狐消失以后，原来岸边那些黑不溜秋的岩石一下子都变成了银白色。

久而久之，张骞居住的这个村子就被人们叫作白崖村了。要是傍晚去岸边观望，隐约还能见几块岩石形状酷似可爱的银狐呢。

2.天资聪颖

物转星移几度秋。

父辈们在田里辛勤地春播，夏锄，秋收，冬储，日子就在这每一天的劳碌中度过。

小张骞有过一次绝处逢生的经历后，好像懂事了很多。虽然有时候还是和小伙伴们去江边嬉戏，但是更多时间里，他把自己关在房中，翻阅着父亲常看的书籍。有时候他会拿着书走到窗边，自言自语，把目光投向远方，好像在思索着什么。母亲总是关爱地走到他身边，轻轻拍拍他的头，笑着说：

"骞儿，又走神了？"

这些举动对于一个年仅六岁的顽童来说，未免有些老成。母亲也无法知道他那小脑袋瓜里究竟在想些什么，她只是隐隐感觉到，张骞有点过早地成熟。

一大早，父亲在院中磨着农具，母亲则在厨房忙碌着。张骞和弟弟在吃早饭，弟弟的碗中盛着两个鸭蛋蛋黄，张骞的碗里放着两瓣蛋清。

"哥，你吃吧，每次都给我，我都不爱吃了。"

弟弟张謇一边嚼着米饭，一边抬头对哥哥说。

"小骗子，好吃的哪有人不爱吃的？快吃吧，你看你多瘦弱，多吃点才能长胖些。"

张骞头也没抬，低头盯着自己的碗，停顿一下说。

母亲提着一个篮子走进房中，对两兄弟说：

"你俩快点吃，一会儿帮你爹把午饭送田里去，他拿农具腾不开手。我今天得去三婆家帮厨，你俩乖一点，晌午就跟你爹在田里吃吧。"

"好的，娘。"

张骞哥俩顺从地答应着。

这时，院子外有人走了进来，原来是斗山书院的周先生。

父亲连忙放下手中的活计，迎了上去，恭施一礼：

"周先生好！是哪阵风把您给吹来了？快请进，快请进。"

张骞好奇地看着大人的寒暄客套，这是他第一次看到父亲行此大礼。

张骞偷偷问母亲：

"娘，爹怎么像个学生一样。"

母亲笑了：

"你爹在周先生面前本来就是个学生嘛，周先生曾是你爹的先生。一日为师终身为父，这是礼数，必须遵从的。"

"啊？原来爹也在斗山书院上过学堂？"

张骞更加好奇了，他疑惑的是，为什么爹从来没说，而且看爹的样子，也真的不像是一介书生。

"怎么？看你爹不像读过书的吗？"

母亲这么一问，张骞的脸唰的一下红了。母亲可真厉害，他的心思一下子就被母亲猜中了。他用眼睛偷瞄一下母亲，看见母亲的脸上洋溢着一种温暖的光，她的嘴角微微上扬，唇间流露出一丝笑意，本来就好看的眼睛眯起来更加好看了。

"你们的父亲当年可是周先生最得意的门生呢！"

母亲掩饰不住欣喜之情。

父亲把周先生请进房中，两人寒暄了一会儿，周先生对父亲说：

"汉灵啊，我这次来是和你商量让骞儿去斗山书院学习的事。你看，这孩子也不小了，而且天资这般聪颖，早送去早成才。我真是看好他啊。"

张汉灵不假思索地回答道：

"听先生的！犬儿不才，蒙先生错爱，实乃我张家之幸，我哪里还敢推脱。这事先生做主。"

"好！好！好！那就这么定了，我明日午后就来接他。"

张汉灵起身连连施礼：

"周先生，哪里还需您老人家亲自来接，我明日带小儿登门便是，您老人家可是折煞学生也！"

就这样，张骞在他六岁这一年去了斗山书院，开始了漫漫的求学生涯。

斗山书院是当地有名的私学，地处斗山这处清幽之地，是文人雅士驻足流连之地，也是渴求读书的孩子们神往之地。

张骞的到来，给这个看似沉闷的清净之所增添了一个极其特别的景致。在书院，他是个小不点，不说个子矮了别人一大截，就说年龄，也是最小的一个。六岁顽童，书院多少年来也没收过这个年龄段的孩子。这个年龄的孩子即使读书，也只能在书房或者私塾中读一读"人之初，性本善"；而斗山书院不是那些凡俗普通的廊间私塾，这里培育的可都是天之骄子。

每天天刚蒙蒙亮，张骞就从被窝中爬起，从锅里拿出母亲前一晚准备的馍，嘴里叼一个，怀里揣两个，便摸着黑上路了。

到了书院，他总是先在院子中找一处背静之地，拿着书，坐在地上认真阅读。读完再去帮助大一些的学生清扫书房和院子。

书院有一间藏书阁，是他最爱的去处。他最喜欢读《穆天子传》和《山海经》。有一次，他读《山海经》入了迷，直读到暮色降临，看不清书上的字。张骞眼睛瞪得生疼，才忍痛割爱，放下书，恋恋不舍地往家里走。

他羡慕周穆王驾八骏西巡天下，行程三万五千里，阅尽天下美景的壮举。有一次在课堂上，周先生问大家未来的理想抱负是什么。

好多孩子的回答是求取功名，求得一生荣华富贵。

张骞的回答却出乎了大家的意料：

"先生，骞长大以后，要走出汉中，走出秦岭，要像周穆王那样去看看外面的世界。大丈夫，要为国家效力。"

张骞与众不同的回答惹得学生们一阵哄笑，有的大孩子调侃说：

"是不是你也想像周穆王那样偶遇西王母，来段人间佳话呀？"

还有的阴阳怪气地喊道：

"怎么为国家效力？难不成东游西逛也能为国家效力？再说了，汉中这么大，你怎么走出去？还有这秦岭，根本走不通的。"

而先生手捋长髯，掩饰不住唇间笑意，连连为张骞点头称赞：

"好！大丈夫要有胸怀天下的气度和风范。张骞，你小小年纪，竟然有如此胆识与气魄，实乃不易。好！好啊！"

月考时，先生又以此为题，令众学子写一篇诗文。这一次，张骞获得了第一名的好成绩，这是他来书院参加的第一次考试。那些当初奚落他的同学，不得不低下高傲的头，对他刮目相看。

八月，大雨连下了三天三夜，汉江水位上涨，洪水肆虐。沿岸的老百姓整天提心吊胆，担心一家老小和房屋牲畜被洪水吞噬。

怕孩子们出危险，周先生的斗山书院也决定停学两天。

村里的乡亲们都在忙着加固汉江堤坝，张骞母亲叮嘱张骞兄弟俩这几天不准往外跑，并让张骞看好弟弟张謇。可是，父母前脚出门，张骞就安顿好弟弟，一路跑向斗山书院，一个人坐在学堂里大声朗读起来。

3.少年楷模

少年时的张骞，继续在斗山书院求学。他在先生那里学习了很多知识，阅读了很多书籍，懂得了大丈夫应该格物致知，诚意正心，修身齐家，治国平天下。他关心贫弱，体贴村人，小小年纪就得到了村里人的喜爱与褒奖。

这一年冬天，儿时一起玩耍的小伙伴杜淳的家中突遭火灾。张骞把手里的零用钱和衣物拿出，并召集小伙伴们一起，用碎稻草和泥，花了十几天的工夫帮助杜淳家垒砌了一个温暖的小屋。

三婆的儿子二十岁那年得了一场重病离开了，儿媳改嫁，给三婆扔下一个刚刚三岁的孙子。三婆的腿不小心摔断，生活起居成了问题。张骞和母亲轮流给三婆洗衣做饭，并把三婆的小孙子接到家中照料，直到三婆的腿伤养好。

张骞所做的这一切，村里人都看在眼中，喜在心上。特别是三婆，逢人便夸他的好。在村里人的心里，张骞俨然成了青年的楷模和典范。

这一切也自然传到了一个叫邓先的耳中。邓先是张骞的同乡，曾在朝中任九卿之职，现因病谢官，在家中静养。

他是后来向朝廷力荐张骞的伯乐。

陕南的冬天少了塞外的冷冽，尽管花草早已凋零枯萎，却流露出另一种原始的美。山色五彩缤纷，已经成熟的山果子呈现出火红、橘黄、紫黑等各种颜色，远远望去，五彩斑斓。

汉江两岸裸露的河床上，耸立着一块块姿态各异的岩石。偶有雪花纷纷扬扬地飘落下来，没等太阳升到屋顶，就全部融化了。村头一块块依然泛着青绿的麦田，却让人感受着浓浓的春意，这便是陕南的冬天，清幽而别致。

张骞在斗山书院求学四年，这时的张骞已经长成了一个十岁的少年了。读书之余，张骞和弟弟张謇会帮着父母干一些力所能及的家务。

　　父亲张汉灵有气喘的毛病，每到冬天就咳嗽不止。看到父亲佝偻着身子，费力喘气的样子，张骞非常着急。他在书馆的藏经阁里到处翻阅，试图从众多书籍中找到治疗父亲疾病的药方。终于，他在一本药方书中找到一个方子，方子中提到麻黄定喘，甘草补虚。他把方子记下来，和弟弟东找西找，终于淘弄出这剂配方里的几种中草药。张骞让母亲帮忙熬制，这剂定喘汤让张汉灵在这个冬天少了咳嗽的困扰。

　　母亲愈发喜欢张骞，夸赞张骞肯动脑筋，从书院学来的知识没有白费。

　　张骞知道弟弟张謇的身世，却从来没有在弟弟面前提起，哪怕是哥俩因为一些小事赌气，张骞也一直紧守这个秘密。可是没有不透风的墙，有一天，哥俩和几个小伙伴一起去汉江边闲逛。一个叫张汉韶的小胖子，手里拿着一块带着胶冻的牛肉，一边走，一边用力嚼着。张汉韶论辈分应该算是张骞和张謇哥俩的叔叔。张謇看着小叔吃得这么香，且牛肉的香气一股股地飘到张謇的鼻孔中，唤起了他的食欲。他感觉到肚子里咕咕直叫，真想上去咬一口。他用力憋着气，试图阻止牛肉的香气对他的干扰，可咕咕叫的肚子时不时地给他传递着饥饿的信号，他馋得忍不住放慢了脚步。

　　"哥，我饿了！"张謇偷偷地拉了拉张骞的衣角，小声说。

　　"嘿嘿，你是馋了吧？不是刚吃过饭吗？怎么又饿了？"

　　张骞笑看着弟弟。

"人家是饿嘛，没吃饱不行嘛。再说家里也没有牛肉。"

张骞的脸一下红了，他小声争辩着。

这时，小叔张汉韶也听到了哥俩的对话，他停下脚步，嘴里嚼着肉，转过头数落张骞：

"骞儿，你说你整天什么也不干，怎么就知道吃？你说你长到现在吃了我们老张家多少东西了？怎么就那么馋？你学学你哥，你们家的活儿都叫你哥干了，好吃的都叫你吃了。"

张骞急眼了，大声抢白：

"什么叫你们老张家，我不是张家的人吗？我馋怎么了？我又没吃你家的，我吃的是我们老张家的，关你什么事？"

"关我什么事？老张家是你的吗？你这不知来历的野种，还敢称老张家是你的？你都不知道你亲生父母是谁！"

话一出口，张汉韶也急了，他也被自己这番话吓到了，他看了一眼张骞，赶忙把后面的话跟着嘴里的牛肉一起囫囵咽下了。

张骞整个人呆住了，他看着哥哥张骞，试图从哥哥的表情中找到答案。

张骞拉了下弟弟的胳膊，正色说道：

"骞儿，别听小叔胡说八道，他是吃牛肉吃多了。走吧，我们回家吧。"

"我才没胡说，我说的是事实，村里人谁不知道，就他不知道。"

张汉韶的气还没出够，气鼓鼓地回应着。

"小叔，侄儿求你嘴下留情！"

张骞说完，竟然给张汉韶深施一礼，这举动一下子把张汉韶弄蒙了。他张着大嘴，呆立在那儿，等哥俩走出好远，才缓过神来。

他慢慢地回味着刚才自己所说的话：

"我错了吗？……嗯，好像是错了。"

这一路上，张骞都默默无语地低头走着。他没有问哥哥事情的原委，他仔细回想着，想从父母亲一直以来对自己的态度中找寻出答案。父亲甚至对哥哥更加严厉，对自己却有些许溺爱。倒是母亲比较明显一些，母亲虽然表面上对自己很好，穿的用的都是跟哥哥一视同仁，可从母亲对哥俩的亲昵程度上看，总觉得对自己没有对哥哥那样自然。难怪这样，原来我根本就不是她亲生的。张骞越想越觉得伤心，自己活了十年，居然不知道自己的亲生父母是谁？

这一夜，张骞翻来覆去睡不着，他在思忖着自己该怎么办？继续待在这里，他不知道怎么面对这一家人。"父母是谁？"这个问题总是干扰着张骞的思绪，让他无法安静下来。直到凌晨鸡叫了，张骞依然无法入睡。他做了一个大胆的决定，趁天还没亮，离家出走，他要去找自己的亲生父母，哪怕走到海角天边，也要弄清楚自己的身世。

天亮了，张骞和父母发现张骞不见了，便四处寻找。张汉韶更是后悔不已，在被父母一顿大骂之后，也带着小伙伴们赶到汉江边，寻找张骞的踪迹。大家找了一天也没找到。天色渐渐暗下来，玫瑰色的晚霞把这个安静的小村庄装点得格外瑰丽，可这安静的背后却暗藏着紧张的气氛。

张汉灵找到族长，族长召集了全村的青壮年，点着火把，兵分两路，一路走水路，沿着汉江沿岸寻找，一路走旱路，顺着通往村外的路一直向大山深处搜寻。

"天黑了，这孩子从来没离开过我们，他得多害怕啊？"

张骞母亲不安地抹着眼泪，她站在村口非要跟着张汉灵加入搜寻队伍。

"母亲，您快回家给骞儿准备食物吧，他一定是又冷又饿，您好好在家，安心等着弟弟回来。"

张骞的话，给母亲吃了颗定心丸。张骞拿着一束火把，在大山深处开始搜寻弟弟。漆黑的夜，再加上下起了雨，张骞的火把被浇灭了，身上也被大雨淋湿。他顾不得这么多，深一脚浅一脚地搜寻着，呼喊着：

"骞弟弟，你在哪啊？都是哥哥不好，没有照顾好你。你赶紧回家吧，娘亲急得都要病倒了。"

话音未落，张骞脚下一滑，摔倒在泥泞的地上。张骞的脚崴了，疼得眼泪汪汪。这个时候，张骞听到一棵大树上传来张骞的哭声。

躲在树上的张骞一直注视着哥哥的一举一动。他被哥哥感动了，终于抑制不住自己的眼泪，哇哇地大哭起来。这哭声划破了黑夜的宁静，这哭声中带着多少委屈与欣喜。

弟弟回来了，一家人又高高兴兴地团聚了。

4.培育黑米

张骞十八岁那年，结束了在斗山书院的学习。他先是在家跟随父亲耕种农田，但农人每天的劳累丝毫没有改变张骞的远大志向和抱负。他深深地热爱着脚下这片土地，每天在田地里辛勤耕耘着。

秋天，对农人来说是一年中最期盼的日子。一代又一代的农人，就是在这样的期盼中劳碌着，收获着。他们没有更多的奢望，只是心甘情愿地守着这块土地。

这一天，张骞和弟弟张謇一起在田里收割。父亲干活累了，坐在田埂边歇息，母亲喊着：

"骞儿、謇儿，歇会儿，快过来吃饭。"

张骞和张謇一边答应着，一边往田埂上走。经过第二块稻田的时候，张骞顺手掐了一棵长长的稻穗，用手捻开稻壳，准备数一数到底能有多少粒。突然，他惊叫起来：

"父亲！謇儿！快来看，黑谷！是黑谷！"

闻声的弟弟连忙停下脚步，侧过头去，盯着哥哥手中黑黑的稻粒。

"果然是黑色的。"

张骞腾出手指，把手中的谷壳剥开，发现被剥开的米粒全身都是黑亮亮的。这米粒和白米不同，白色的米粒呈椭圆状，而这种黑米身形细长。他把手抬起，用鼻子深深嗅着，这黑米竟然泛着特有的淡淡的药香之气。他接着把一粒米搁进嘴里，咀嚼着，发现这米比普通的白米稍硬一些，而且放在口中，香气也丝毫未减。

"哥，别吃！这米这么黑能吃吗？别中毒了。"张謇着急地说。

"应该没事。謇儿，咱俩再找找，看看还有没有这种黑米。"

张骞说完，便转身钻进田里寻找起来。哥俩找遍了稻田，也没再发现一棵同样的稻穗。张骞不解地自言自语："奇怪了，这种子从哪来的呢？"

父亲母亲也走过来，他们也在琢磨着这黑米的来历。他们在此生活了四十多年，从未听说过有这种黑色稻谷。

"这可真是天上掉下来的啊。"张骞的父亲感慨道。

没想到父亲的一句话，顿时提醒了张骞。莫非这种子真的是天上掉下来的？张骞记得在书馆求学时书里记载过，在遥远的身毒国（古印度的别译）有这种黑色的米。看着天上飞过的一群大雁，张骞恍然大悟，他兴奋地指着天上的大雁说：

"父亲，您说得对！就是天上掉下来的。"

张謇还是不解，疑惑地望了望雁阵，又看了看父亲。

"哥，别打哑谜了，我们都没你那头脑，快说到底怎么回事？"

"謇儿别急，听我慢慢说。"

张骞倒是不慌不忙，他慢悠悠地坐到了田埂边，一边端着碗喝汤，一边开始了他的推测：

"这应该是候鸟所为。候鸟春天从遥远的南方飞到北方，途经身毒国，身毒国有这种黑色的稻谷，它们也许是无意间在翎羽中粘带了一颗，或者是偷食了这种稻谷，遗留到了它们的粪便之中，经过长途跋涉，把种子带到了这里……"

"哈哈哈！我明白了！真是好巧啊！哥哥真是厉害！"

张謇对哥哥张骞很是佩服。

"这个推测有道理。"父亲在一旁也连连点头。

母亲则含笑地看着张骞："还是我儿聪明。"

张骞说："我要把这些种子好好收藏，明年春天，我们种上试一试。"

弟弟张謇附和道："哥哥说得极是，我来帮助哥哥栽种。"

父母看着这哥俩认真的样子，会心地笑了。

第二年的春天如约而至。田埂边的那株桃树已然长成了水桶粗，树上的桃花比往年开得更加艳丽，斜斜的桃枝在春风中轻曳。

张家的黑米专用畦诞生了。父子三人小心翼翼地将黑米种子培育的秧苗插到了水田中。

　　小苗长势良好，根本分辨不出有什么不同。等小苗出齐，他们又将小苗移栽到大田。

　　经过一夏的精心呵护，到了秋收，看着丰收在即的沉甸甸的黑色稻穗，父子三人开怀大笑。

　　这件事刚过一年，便被村人们知道了。因为这种黑色稻米煮的饭太香了，尽管米汤色黑如墨，却有一种独有的香气。特别是和白色大米混合煮食，煮出的米饭更是颗粒饱满，颜色也由墨黑变成糯红，吃在口里，香糯无比。张骞和母亲送出去不少，让乡亲们品尝。

　　第二年的春天，登门讨秧的乡亲们络绎不绝。张骞从不厌烦，他和弟弟主动传授栽植黑稻秧的方法，并无偿赠予秧苗。

　　也就两三年的光阴，黑稻的名声越来越大，栽种黑稻的人家越来越多，每一家的炊烟里都飘散着黑米独特的清香。更有富贵人家把黑米饭发扬光大，在黑米中放入中药和调味品，制作成了养颜滋补的养生佳品。张骞发现通过长期食用黑米，一些人头昏、目眩、贫血的症状明显减轻，并且黑米特别适合身体机能退化、新陈代谢缓慢的老年人食用。黑米的这些功效使它成了汉中一绝。

　　后来，张骞进入西汉宫廷，给汉武帝带去了自己种植的黑米。吃尽山珍海味的汉武帝都没见过这等特别美味，如获至宝，倾爱有加，每天早晚必食，并赐予宠臣享用。从此，黑米便变成了贡米，从汉武帝时期开始直到清朝末年，黑米也由老百姓的餐桌华丽地转入了皇城金碧辉煌的御用厨房。说来，这都是张骞的功劳啊。

5. 突遭变故

单调的农耕生活并没有使张骞沉沦，张骞过得有声有色。他经常会开动脑筋，搞一些新奇玩意，给家人们带来惊喜：或是培育一些粮食作物，或是搞自己的小发明，让工具变得更加顺手，让单调乏味的生活变得丰富多彩。农闲的时候，张骞总是把自己关在房中，翻阅书籍，或者独坐桌前冥想，一坐就是一天。

父亲张汉灵把这一切都看在眼里，他懂得儿子的一颗不安分的心。

秋收结束了，父子三人刚把晾晒的稻谷收到仓房中，张骞正坐在门口打理钓鱼的钓丝，一抬头看见小叔张汉韶走了进来，张骞忙起身施礼。

张汉韶一把拉住了张骞的手：

"哎呀乖乖，我都说了多少遍了，你叔我就是一个粗人，我真的受不了这些礼数，何况咱俩从小撒尿和泥，穿一条裤子都嫌肥，怎么大了大了却生分了呢？我就说吧，这书读多了，人就会变呆板的。唉！"

张汉韶说完，径直进屋跟张汉灵商量事情。

送走张汉韶，张汉灵把兄弟俩一起叫过来。

"骞儿、骞儿，你们小叔过来说想让我们跟他一起结伴去河东走一趟，趁农闲时节一起去河东贩卖丝麻药材。爹想了想，家里不能没有人照料，骞儿跟你母亲留守，你母亲体弱，这么大的家留她一人，爹不放心。爹带着骞儿出去转转。丝麻药材你小叔有货源，我们也不过就是个脚力，大家一起也互相有个照应。"

张骞看着父亲，显出一副不情愿的样子，小声问父亲：

"不能让我和哥哥一起去吗？"

张汉灵抬起头，神情严肃地说：

"你们俩虽然长大了，可是从来没离开过家。这次出去是吉是凶还不得知，而且我们出去不是闲游而是做生意。你们小叔张汉韶虽然辈分长你们一辈，可年龄跟你们差不多大。没有个大人坐镇，爹不放心啊。"

张汉灵看了看两个孩子，继续说：

"骞儿，你哥哥长你两岁，遇事也比你沉稳。爹先带上他做爹的帮手，以后有机会，爹再带上你，你好好在家照顾你娘。"

"好的，父亲，您放心，我会照顾好娘的。"

准备了四五天，张骞父子俩上路了。临行前，张骞母亲烙了一布口袋面饼，给父子俩带上作为路上的干粮。

母亲叮嘱张骞，千万要照顾好父亲，又转头叮嘱张汉灵，一定要看护好儿子。母亲拉着父亲的手，久久不肯松开，这是张骞记事以来，第一次看到父母如此亲密。就这样，父子俩的背影在张骞母亲的泪眼中渐行渐远。

先行水路，再走旱路。经过一番长途跋涉，终于，张骞他们来到河东，事情也办得出奇的顺利。先是由斗山书院周先生的引荐信，张骞他们拜访了附近的几家药铺、商行，经过一番讨价还价，随行带去的药材销售出去一半。这让大家信心倍增，几个人继续在城中剩下的店铺中兜售。张骞事先把销售的药材名称、药性、出处，均写在了竹简之上，走到一家便送一家。店老板看着竹简上清秀隽永的字，一下子就觉得和年纪轻轻、口齿伶俐、一表人才的张骞的距离拉近了。不到半个月，带去的药材就销售一空。

本来张骞想写一封平安信给母亲的，可是事情办得如此顺利。父子俩决定给家里一个惊喜，便和张汉韶一起准备返乡。

先走旱路，再行水路，眼看着离家越来越近了。张骞抑制不住自己的兴奋心情。他坐在船头，大声吟诵着《诗经》。坐在船另一头的父亲也抑制不住喜悦的神情，他看着自己慢慢长大的儿子，嘴角挂起一抹欣慰的笑。

不久，突然起风了。风越来越大，船体开始摇晃，像有什么东西在叩打着船板，发出阵阵回响。浪涌得一次比一次高，四周激起一圈又一圈咆哮的巨浪。天色一下子阴沉下来。岸边的山顷刻间也似一排排墙壁般朝张骞他们压来。

船上的人们，被这突如其来的狂风巨浪吓呆了，一个个开始躁动不安起来。他们逡巡着，试图找寻逃出去的办法。浊浪涛涛，黑云压境，硕大的雨点猛烈地砸向船身，白色的帆被风扯成了一挂破布，在黑暗之中呼啦啦地嘶鸣着。

突然，船体又一阵猛烈的摇晃，接着便整个被大浪掀翻，船上传来撕心裂肺的嚎叫，一个个乘客纷纷被巨浪卷进滚滚的江水中。

张骞也被这突然降临的灾难吓到了，他来不及思考对策，就被涌来的浪推出很远。他顺手抓起一块漂浮的船板，先用力把身子扭转，背着浪，喘了一口气。忽然，他脑海里涌出的念头，让他一下子清醒过来。

"父亲，叔叔！你们在哪儿?"

此时，木船已经完全浸没在江水之中，江面上漂浮着各种杂物。张骞使尽全身力气，奋力向木船下沉的方向游去。

他撕心裂肺地哭喊着："父亲！父亲!"

然而，未曾停止暴怒的江水，依然一声高似一声，带着决绝的残忍和无情，把张骞的心撕扯得粉碎。

不知道过了多久，风住了，浪歇了。张骞趴在船板上，任江水载着自己漂流。就这样空荡荡，轻飘飘。他已无力思考，无力反抗。有那么一瞬间，他觉得自己的灵魂已经离开了身体。

可是，他依然还活着。当江水把他推送到岸边，他拖着沉重的双腿爬上了岸。

　　父亲和小叔都被江水卷走了，走得这么突然，没有留下一句话。张骞会水，大家都叫他"水耗子"，可是他没有能力把亲人救上来，只能眼睁睁地看着他们被巨浪吞噬。张骞用手重重地捶打着岸边的岩石，嘶吼着……

　　张骞回到家便一病不起。来不及悲伤的母亲，整夜地守在儿子的身边，生怕死神再把她这个挚爱夺走。

　　就这样过了月余，病愈的张骞变得沉郁默然。他整天把自己关在房中，茶饭不思。

　　这一天，在家乡养病的邓先，来到张骞家门口。

　　大门开了，迎出来的是满脸憔悴的张骞。张骞见是邓先，便深施一礼，把他让进房中。

　　邓先不落座，面露愤慨，上下打量着一脸憔悴的张骞。张骞被看得慌了。

　　张骞："邓大人这是何意？难道骞哪里冒犯了您？"

　　邓先咄咄逼人："天降重任于彼，骞却闭门不出，意志消沉，骞冒犯的是天意！"

　　"天意？"

　　邓先微微一笑：

　　"正是！上天赐你使命，唤你鸿鹄之志，骞当报效朝廷，不辱使命才是。这里有我拟好的荐书一封，打开柴门，走出秦岭，开创男儿伟业，日后城固定会以你为荣，以你为傲！"

　　邓先递过来一封信札，他的眼神难以抗拒。

一语惊醒梦中人。张骞恍然大悟，扑通一声跪下拜谢。

第二天，张骞辞别母亲，推开柴门，走出秦岭。这扇门打开了张骞通往长安城的大门，也打开了他通往西域的大门。

张骞策马在故乡城固的大地上尽情驰骋。耳边是呼呼的风声，鼻翼是稻米的香气。啊，那大雁带来的种子的国度是怎样的？那里的子民过的该是怎样的生活？

对于张骞而言，一切都是未知和新鲜的。

第二章

临危受命

1.应募为郎

建元元年（前140年）初春，微雨。城固的桃花刚刚绽蕾，还未播种的稻田因雨水的积蓄，形成了一个又一个小水畦。

村口，母亲为儿子送行。伞外，一帘疏雨。伞下，两双泪眼。这雨下得缠缠绵绵，好像就是为了配合这离别的场景。

母亲早已经泣不成声，这是她第二次站在送别张骞的路口。第一次，她送走了丈夫和儿子，谁料与丈夫竟成永诀。这一次，她不知道今后的命运会怎样？她一方面希望自己的儿子能够陪伴自己颐养天年；另一方面她又不能折断儿子想要高飞的翅膀。她只能听凭命运的安排，顺应儿子的心声。

此时的张骞也心怀忐忑。他不想屈从于命运的安排，不想放弃任何希望，邓大人的话叫张骞睡狮梦醒。前路漫漫，他坚信总会有一条属于自己的路。他只能勇敢地向前走，不管是坦途还是荆棘，只要选择了，就要义无反顾。他相信山水一程，总会闻到花香，总会听到鸟语，那这一生也便无憾于自己，无愧于列祖列宗了。

辞别了母亲和弟弟，张骞怀揣着理想和希望，别城固，离汉中，越秦岭，踏上了去长安的路。

初到长安城，街市的繁华与喧嚣让张骞看花了眼。长安城到处是熙熙攘攘的人群，夜晚的花灯把黑夜渲染得色彩斑斓。摆摊的、算卦的、卖艺的，笑声、喊声、叫卖声此起彼伏。酒肆门口的旗幡在微风中起舞，打扮得花枝招展的女子在灯火通明的阁楼间摆动着婀娜的身子轻吟浅唱，四周还围着不少观众。人们嬉笑着，哄闹着。

张骞在一处稍微僻静的巷口，找到一家客栈住了下来。

第二天一早，他便揣着邓先将军的引荐信，前往长乐宫。

恰巧，接待张骞的是邓先以前手下的一个熟人，张骞递上引荐信，说明了来意，便被安排在一处居所等候。

几日后，张骞被带到长乐宫内，被安置在皇帝身边做"郎"。郎是汉朝对侍从官的称谓。宫廷之内，有无数的郎官。汉武帝时郎官最多可达五千人。

终于把自己安顿下来了，张骞心中提着的这口气也终于可以舒缓一下了。

郎官，用现代通俗话说就是给皇帝做护卫。可正是这小小的郎官，却是当时官员选拔的重要环节，是很重要的官阶职位。它的选拔机制也相当苛刻和繁复。先是从贵族子弟中经过初选，选拔出非常优秀的人才，再经过层层筛选，最后确定在皇帝身边做侍卫。这里要求郎官的出身必须是富家子弟或父兄中有为朝廷做出突出贡献的功勋人物。

说是做侍卫，其实是学习做官的本领，在此增加阅历，增加人脉。经过一段时间的学习和历练，郎官一般都会被任命正式的行政职位。比如议郎、中郎、侍郎等。在当时被视为书生们出仕的重要途径。

相比之下，张骞的出身非常寒酸，父亲虽然读过书，却未能出仕，做了一个面朝黄土背朝天的农人。倘若不是同乡邓先的举荐，张骞一辈子都没有这个机会。

张骞对这些却不以为然，在他的思想中，大丈夫立业之本在于志向与恒心。所以在他任郎官之时，从不攀附结党，从不阿谀奉承。他直来直去、不断谏言的性格，让他处处受其他郎官的排挤和打压。

这一日，汉武帝心情愉悦，召集文武百官聚集朝堂之上，设宴招待众人，张骞也在其中。正在大家举杯敬酒时，汉武帝放下杯盏，突然发问：

"众卿觉得如今我大汉江山社稷是否稳固？百姓的生活是否安宁？"

众人听得皇帝此番发问，立时交头接耳起来。只见一位颤巍巍、胡子花白的老臣站出来，抖了抖朝服，毕恭毕敬地双膝跪拜：

"吾皇万岁！万岁！万万岁！陛下一统的大汉江山，固若金汤；护佑的黎民百姓，安居乐业！"

众人纷纷双膝跪倒，向皇帝三拜九叩，跟着齐呼：

"我大汉天下无人匹敌，大汉子民宁静祥和；陛下是前无古人的明君，大汉天下是后无来者的盛世天下。"

唯有张骞依然愣愣地站着，这些肉麻的话他说不出口。入宫已有一段时日，张骞看惯了世人的虚伪嘴脸。为了心中不变的志向和理想，张骞不断地说服自己，要保持刚正不阿的本色，不与这些人同流合污。

汉武帝用眼睛扫视着匍匐跪拜的满朝文武，叹了口气。正欲挥袍示意众爱卿平身，却意外地瞥见了在角落边直直站着的张骞。他马上提起兴趣，发问道：

"郎官张骞，莫非你有异议？"

正在发愣的张骞惊闻皇帝此言，马上匍匐在地，一边叩首，一边回答：

"陛下恕罪，骞本无意冒犯陛下，陛下这一问，骞有另答。"

"恕你无罪，但讲无妨。"

"喏！"张骞起身。环视四下，众人都低头不语。

张骞不卑不亢，从容讲道：

"圣上身居长安，身处灯红酒绿，不知黎民凄苦……"

有大臣怒喝："张骞大胆，竟敢口出狂言！"

汉武帝摆手：

"叫他说！"

张骞面不改色：

"圣上明鉴，骞句句属实。若有不实之处，骞甘愿受惩罚。匈奴屡犯汉境，烧杀劫掠，无恶不作；再看地方税赋苛刻，地方官员贪腐暴敛。这内忧外患，困扰子民，百姓流离失所，水深火热。哪像这里觥筹交错，歌舞升平，人们贪享这虚假的浮华！"

张骞言语一出，当下席间鸦雀无声。大家面面相觑，大堂上下气氛顿时紧张起来。

汉武帝面沉似水，一言不发。

张骞的一席话，立即在群臣中激起轩然大波。有臣子说他别有用心，肆意抹杀和侮辱大汉国威；还有人一言不发，在一旁看着即将上演的好戏。

大家都以为张骞一定会惹祸上身。谁叫你一根筋！非要什么与众不同，这下好了，自己的小命都保不住了。

汉武帝的脸色变得非常难看，半晌，汉武帝缓缓开口：

"天下，是朕之天下，子民，是朕之子民。朕怎忍看江山社稷被番邦侵犯，黎民苍生遭凌辱涂炭？明犯强汉者，虽远必诛！知朕者，骞也！"

张骞跪拜：

"吾皇万岁！万岁！万万岁！"

2.解救甘父

长安城外，一处农田里。

一个妇人正在给刚劳动完歇息的丈夫擦汗，她从木桶里取出一碗水拿给丈夫，丈夫一饮而尽。丈夫豪饮的样子，逗得妇人掩面而笑。在夫妻俩的不远处，小儿子蹒跚着向父母亲跑来，一边跑一边喊：

"爹——娘——"

夫妻俩转身欣喜地看着自己的宝贝儿子，母亲腾出手，张开双臂准备迎接儿子投入自己的怀抱。远处，突然出现一列骑着战马的匈奴兵将。马嘶人喊，匈奴兵将冲了过来。

夫妻俩大声呼喊着：

"豆儿！快跑！"

叫豆儿的幼儿浑然不知。这时，一只响箭从幼儿后背射入，幼儿惨叫一声，应声倒地。他的嘴角渗着血，箭杆深深插入他的后背，触目惊心地挺立着。

夫妻见状，拼命地冲向倒地的幼儿，他们早已顾不得个人的安危。母亲抱着孩子的身躯摇晃着，那一声声凄厉的哭喊，划破了天宇。

父亲被眼前这突如其来的一幕激怒了，他扛起农具，向匈奴战马奔去。没等父亲手中的农具举起，呼啸而至的战马直接跃过父亲的身体，马上的匈奴兵挥刀向父亲砍去，父亲轰然倒地。

错愕的农妇被一匈奴兵掠上马背，她狠命地朝匈奴兵的胳膊上咬了一口，被激怒的匈奴兵一脚将妇人踹下马，接着又在妇人的头上补了一刀，妇人倒在了血泊之中。匈奴铁蹄所到之处，烟火弥漫，惨叫连连。

这一切，都被不远处山坡上一个高大威猛的匈奴人看在眼里，他叫甘父。目睹这样疯狂杀戮的一幕，甘父也没有办法。他摇头叹息，大步转身朝远方走去。

不想马嘶人喊，当甘父抬头时，他已被大批汉兵汉将包围。

汉兵大喊："启禀霍将军，这儿有个匈奴人！"

甘父心知大事不好，想逃已经来不及了。抬头看，一面"霍"字旗在风中猎猎飘扬，这是叫匈奴兵将闻风丧胆的霍去病将军的大军。一张大网从天而降，正好罩住了甘父。甘父自知抵抗只能招来杀身之祸，于是只好束手就擒。

霍去病看着无辜的汉民被杀戮，尸横遍野，而匈奴兵将早已经逃得无影无踪，他恨得牙齿咬得咯嘣响。看着押过来的甘父，霍去病皱起了眉头。

手下副将禀报："霍将军，擒得匈奴悍匪一员，该如何处置？要不要一刀砍了？"

霍去病看了一眼大义凛然的甘父，摆摆手：

"罢了，这匈奴人太过狡猾，风般杀来，劫掠过后风般离去，叫我数万汉军无计可施。留得这匈奴人回长安面见圣上，好歹也有个交代。圣上不处置，就把他充为奴仆卖掉算了。"

"喏！"副将遵命押下甘父。

一个月后，长安城内一处贵族府邸，正在举办一次庆典聚会活动。主人在庭院内摆设酒宴。大家一边吟诗作赋，一边欣赏着歌舞。

庭院中间有一处开阔地，是可供表演的地方。主人这次宴请的是宫廷的郎官，他们大多都是青年才俊，仪表堂堂的张骞也在其中。大家正在推杯换盏时，桌上有人提议：

"堂邑考兄，听说您有珍稀玩物，可否赏光一阅？"

"是啊，您不能光自己把玩，该拿出来大家共赏才对。"

堂邑考正是这宅子的主人。他的癖好就是搜尽天下的奇珍异宝。

这时，他轻拈胡须，一副不以为然的样子，说：

"诸位，哪来什么珍稀玩物，不过是一匈奴家奴，力大过人而已，不足为奇。"

"别卖关子了，赶紧拿出来看看吧。"有人迫不及待地说。

"就是，就是。"还有人随声附和。

堂邑考哈哈大笑，赶忙说：

"也好，不扫大家雅兴，来人，带甘父！"

庭院里的气氛马上紧张了起来，随着主人的令下，一个高大威猛、衣衫褴褛的匈奴人被带到了场地中央。他蓬头垢面，赤着上身，脚上拴着锁链。这个人就是堂邑考所说的甘父，一个刚从汉军俘虏里买来的奴隶。

张骞其实对此并不感兴趣，因为他的目光被邻桌一个偷东西的英俊少年所吸引。这少年衣着华丽，略显瘦弱的身材倒有几分女儿气，大大的眼睛滴溜溜地转。他扫视一眼众人，趁大家看着甘父时，把手挪到了身边一个客人的腰间。哪想到，这一举动正被张骞看到。张骞装作咳嗽连连提醒，怎奈甘父的吸引力太大了，张骞的举动并未引起这位客人的注意。

行窃的英俊少年瞪了张骞一眼，怪张骞多事。张骞也不言语，借敬酒之机，出手阻拦少年继续行窃。张骞几番制服，英俊少年几番挣脱。

"哼，何方匹夫，多管闲事！"少年杏眼圆睁，瞪着张骞，低声说。

"莫要喧哗，愚兄陪你饮酒。"

张骞拿起酒盏往英俊少年嘴里倒酒，尽管英俊少年拼命挣扎，还是被灌下去一杯酒。少年急得脸一红，从口中喷出酒来，喷了张骞一脸。

张骞只觉得眼前模糊一片。

英俊少年借机逃脱。张骞再睁开眼时，少年已不见了身影。张骞这时也被场地中央的甘父吸引。

只见甘父正举起一个大汉，把这家伙用力向人群中抛去，人群里传来一片惊呼声。随着大汉的应声倒地，紧接着喝彩声响成一片。

"神力!"

"好!"

甘父大叫一声，挥舞拳头把近处的桌子砸翻，几个人随即栽倒。家奴们迅速舞起锁链，控制住甘父。此时，甘父已经力克两敌。

宾朋中站出一个不服气的勇士，他是主人堂邑考的侄子。只见他站起身来，说:

"甘父只会用蛮力而已! 尽可多些手段治他!"

甘父猛一回身，紧盯着勇士。张骞一愣，明白甘父是懂汉语的。勇士尚不知危险来临，继续指挥着家奴:

"快! 快! 速拿石灰来，弄瞎他的狗眼! 陪他慢些玩!"

甘父怒吼，转身奔向那勇士。勇士一惊，迅速躲避。石灰从天而降，甘父头部中招，眼睛不能睁开。甘父痛苦万状，咆哮嘶喊。

勇士仰天大笑:

"哈哈哈哈，略施小计，手到擒来，这下可以收拾他了。"

这时，有家奴跳入场地中央，趁甘父双眼看不见的时机，抢起手中的长棍兜头打下。甘父眼睛虽然看不见，耳朵却很灵敏，棍到之际，晃身躲过，一脚将家奴踢飞。宾朋的酒桌被砸翻，现场一阵大乱。

勇士直奔兵器架，抄起大刀，向甘父拦腰斩去。甘父机警躲过。勇士一惊，观察着甘父的举动，见甘父是以静制动，靠耳朵判断突袭方向，便狞笑一声：

"快！擂鼓，奏乐！"

随着鼓乐声的响起，甘父果然不能判断攻击方向，盲目地防御着，动作非常滑稽狼狈。看热闹的人们发出了一阵阵的笑声。

张骞的心一直替甘父提着，手握住腰间的剑柄。他见甘父被逼到墙角，没有招架之力。勇士举刀剁去，眼瞅着甘父就要受伤。张骞一个鹞子翻身，用力架住了已经到甘父脖颈的刀——好险！

甘父一愣，感觉到了危险，伸出脚将这勇士连同张骞一起踢了出去。勇士的大刀落地，人被踢得坐在地上起不来了。张骞顺势一滚，感觉到了甘父的力大无比。

张骞不禁称赞道：

"好！好汉，廊下有水！"

勇士听闻，气得冲张骞嚷道：

"你竟敢救胡人！你是何人？"

"在下郎官张骞，得饶人处且饶人！"

勇士和家奴们仍然不依不饶，准备了数十名弓箭手将甘父团团围住。赤手空拳的甘父再一次陷入危机。

张骞再次挡在甘父前面，大喝一声：

"郎官张骞在此，各位手下留情！"

勇士挣扎而起，本是想煽动家奴射杀甘父的，可却一口鲜血喷出，再次不支倒地。

张骞挡住甘父，对大家笑了笑并抱拳道：

"误会，误会，大家玩得尽兴，玩得尽兴！"

甘父再次被家奴们控制住，并被戴上枷锁。张骞看到甘父的模样，不忍离去。他索性走到堂邑考的面前，对堂邑考说：

"甘父既已为奴，兄不必大动肝火。所毁财物尽可算到张骞身上。"

堂邑考干笑了两声，答道：

"素闻张骞郎官是人中豪杰，办事果然爽快。"

"哪里哪里。骞尚有一求，甘父虽为匈奴人，但一表人才，杀之可惜，弃之亦可惜。要是为我所用，岂不两全其美。张骞愿许钱财，赎买甘父。"

堂邑考见张骞如此执着，而且甘父刚才一番表现，让堂邑考忽然觉得留下这个桀骜不驯的家伙，日后指不定又会生出别的事端来。不如做个顺水人情，把这个烫手的山芋给了张骞。

想到这儿，堂邑考便对张骞道：

"这……适才郎官已经破费，如此，愧也。"

"还是兄宽宏大量。既如此，财物过些时日带到，务请兄好生待之。"

张骞说完，便走过去轻声对甘父说：

"义弟，在下郎官张骞。如有唐突，望包涵！"

甘父一怔，随即被人带下。他在心里默念：

"他居然叫我义弟！"

3.结识素阳

回到家中的张骞念念不忘甘父，他不放心堂邑考一众人等，便连夜筹集银两，策马向堂邑考府奔去。

果然不出张骞所料，堂邑考的侄儿不甘心就这样放走了让自己在人前受尽羞辱的甘父。就在张骞承诺赎回甘父之后不久，他便唆使家丁准备在甘父的晚饭中下毒。可是甘父却早有警觉，愣是忍着饥饿，没有吃一口家奴送来的食物。这帮歹人见一计不成又生二计。

甘父脚上戴着锁链，倚靠在柴房的墙角。外面窸窣的声响，还是被他捕捉到了，他警觉地注意着外面的状况。突然外面火光四起，柴房瞬间被大火包围吞噬。甘父用力拽窗栅栏，看起来不是很结实的木栅却纹丝不动。他使劲推了推柴房的门，门也被封得死死的。

在几个家将的护卫下，勇士看着被大火吞噬的柴房，哈哈哈地狂笑着。

"烧死你！这回看你还有多大的本事！"

勇士望着熊熊燃烧的大火，得意地仰天长啸。

突然，不远处的凉亭里传来一声断喝：

"呔！"

众人一愣，齐刷刷转头观看，喊话的不是别人，正是甘父！

原来甘父在房屋即将坍塌之际，纵身一跃，跳出了火海。

甘父瞅着这些人，面露杀机。勇士大惊，指挥众人呈扇面包围甘父。勇士未及反应，甘父的铁拳已经重重地打在他脸上。甘父双手抓起勇士，将勇士抢起来砸向火海。勇士全身起火，惨叫连连，众家将吓得四散奔逃。

闻讯而来的堂邑考见侄儿被打得如此凄惨，不由得怒气冲天：

"我堂邑考竟然被一胡人欺负到如此地步？这成何体统，传扬出去岂不成为天下人的笑柄。来人！把甘父就地处置了。"

这个时候的堂邑考已经忘了白天对张骞的许诺。听了他的命令，数十个家丁拿出枷锁镣铐，上来捆绑甘父，准备就地将甘父处死。

正在这千钧一发之际，张骞再一次赶到。

他气喘吁吁地从包中拿出银票递到堂邑考的面前：

"兄，骞来兑现承诺了，这是赎金和赔偿的银两。兄不会反悔吧？"张骞对堂邑考说。

"哪里哪里！既然已经答应郎官了，岂有反悔的道理，大丈夫应以信义为重。不过，这莽贼将我侄儿打成了重伤，这仇怎么报?"

张骞又从怀中掏出一些银两:

"兄别嫌骞小气,这些也一并收下,给令侄医伤吧。"

堂邑考见张骞连夜送来丰厚赎金,便也不好违约,答应了。

堂邑考命众人解下甘父身上的枷锁,示意张骞把甘父带走。

出了堂邑考府,张骞便对甘父说:

"义弟,我知道你懂汉话,从此,你便是自由之身了。你如果随我而去,我二人便同甘共苦,成为兄弟。如果你不愿随我,这是银两和马匹,从此你我便天涯陌路。只是我希望,你不要成为我大汉的死敌。"

甘父被张骞一席肺腑之言所感动,那颗冰冷的心渐渐开始融化。他慢慢接过张骞递到手边的缰绳,把张骞往马背上一扶,牵着马,跟着张骞消失在茫茫的夜色之中。

回到住处以后,张骞安顿好甘父歇息。

张骞出去寻找酒馆,想自己先垫一口食物,顺便给甘父也带回些食物。

"店家,来五屉包子,切二斤牛肉。"

店小二应声答道:

"好嘞!客官,五屉包子,二斤牛肉。请问客官几个人啊?"

店小二一边应承着一边往门外看。

"别看了,就我一个。"

"好嘞!"

店小二说完便闪到厨房里忙活去了。

店小二麻利地将吃食端上来。张骞找了一个靠窗的位置坐了下来,慢慢地享用着,但抬头却发现窗前一位英俊少年正摇着扇子对他轻笑。

这少年越看越眼熟,张骞一下子想起来了,这不就是白天在堂邑考宴会上看到的那个小偷吗?

"好你个毛贼,这回看你还往哪跑?"

张骞正准备找机会擒拿这个小贼,谁料,这少年竟然大大方方地走到张骞的桌旁:

"这位仁兄好生无礼,随随便便诬陷好人,硬把良善称毛贼,不配响当当的郎官称谓吧?"

"呵,既然知我是郎官,想必也不是等闲之辈啊!"

张骞抬头打量着眼前这位英俊少年。只见他眉清目秀,唇红齿白,一双顾盼的眼睛格外引人注目。这么好看的少年怎么看也不像窃贼啊。

"承蒙抬爱,不敢,不敢。"

张骞这一看倒把这少年看得不好意思了,他低下了头。

"你仪表堂堂,怎可做那龌龊营生?"

张骞义正词严逼问少年。

"龌龊营生?好词!兄既然想路见不平,这店家小本买卖,你我对决,损毁财物甚为可惜。仁兄,可否借一步说话?"

"好啊，愿意奉陪！店家算账。"

张骞顺手一摸，衣兜里没有钱，再看英俊少年笑吟吟的样子，知道中了暗算。

张骞恍然大悟：

"好你个小毛贼，竟然算计到了我的头上……"

"客官不会吃饭不给钱吧？"

张骞的脸因少年奚落变得通红，他回答店家：

"店家，不如我立下赊欠字据，明日一早就来奉还。"

店家笑了，他对张骞说：

"来我们这儿不给钱的都这么说。怎么办？包子已经吃了，这牛肉也吃了……"

张骞无语：

"这……"

在旁边看热闹的英俊少年一副痞气，溜达到张骞的面前像是示威又像是挑战，转身对店家说：

"这位店家莫急，看这位兄台仪表堂堂，定不会做那龌龊营生。莫不如叫他去后厨洗刷盘碗，做些苦力，以工抵债可好？"

说完，英俊少年便头也不回地走了。

张骞恼怒地看着英俊少年，欲言又止，却无能为力。

"好好好！看在这位小哥的面子，罚你在此以工抵酒钱。"

在膀大腰圆的厨师监督下，张骞在厨房里洗刷碗盘。终于把碗盘刷洗完毕，张骞抬头看了看天色，夜已深了，不知道甘父现在醒来没有。这个混账小子，别叫我张骞抓住你。

张骞恨恨地想。

4.揭下皇榜

由于匈奴的屡屡进犯，大汉边关终日不得安宁。良田被践踏，民众被屠杀，百姓的生活受到严重威胁。为了躲避匈奴人的袭扰劫杀，老百姓只能搬家。在朝廷内部，主战派与主和派又争论不休。每天上朝，汉武帝都被这些焦头烂额的事务弄得心烦意乱。

年轻气盛的汉武帝何尝不想御驾亲征，扫除袭扰，还百姓安宁生活。怎奈他羽翼未丰，朝堂之下，还要受太皇太后的挟制。这窦太后是刘彻的奶奶，是一个酷爱黄帝、老子的女政治家。她不仅干预朝政，更是痛恨新政。她不惜一切手段，维护权贵们的利益。这叫刘彻不得不避其锋芒，忍气吞声地做一个执行者。

这一日，汉武帝召老臣陈忠进殿，了解边关近况。

陈忠匍匐跪倒，行了君臣之礼。

陈忠向皇帝禀报：

"启奏圣上，霍去病将军带去的数万精兵，暂时无用武之地。胡人太过狡诈凶残，杀掠过后就一逃了之。我大汉虽有精兵强将，却始终无法近身决战。当务之急，只能把边境百姓疏散撤离，免受袭扰……"

"撤！撤！一撤再撤，再撤就撤到朕的长安城了！真是岂有此理！霍去病呢？难道就这么无功而返吗？你告诉他，不灭匈奴，莫返长安！"

汉武帝怒气冲天地对陈忠大喊。

"圣上息怒，还望给霍将军时间，找到克敌良谋，振我大汉雄风！这次霍将军奔袭五百里，只俘获匈奴贼寇十余人，这胡人个个凶猛彪悍，又擅骑擅射……"

未等陈忠说完，汉武帝便不耐烦地打断了他的话：

"爱卿的意思是我强汉无有凶猛彪悍之人吗？你这是长胡人之志，灭我大汉威风。好了，我不听借口，说说从这十几个俘获的匈奴人口中得到什么有用的信息了？"

陈忠唯唯诺诺地深施一礼，然后开始讲述从被俘的匈奴人口中得来的关于匈奴的重要信息：

盘踞在西北边陲的匈奴人近年来开始强大，他们逐渐吞并了周边弱小的游牧民族，建立了一支擅战的游牧民族集团。由于游牧民族特有的骠勇擅射，他们一路所向披靡。杀戮让匈奴人有了进一步侵略的野心。他们开始觊觎更大的族群和国家。

匈奴人的目光锁定了大月氏国。匈奴王老上单于带兵亲征，匈奴兵将势不可挡，直捣大月氏营地。大月氏王拼死抵抗，还是招架不住被击杀。大月氏女王携部分人员逃脱。

这一日，在匈奴王老上单于大帐中，单于和左右贤王等在饮酒作乐，单于身边还有美女侍酒。这美女是那日在战乱中俘获的大月氏王的妃子。大帐外面火把通明，匈奴护卫林立。

老上单于一边喝着酒，一边对左右贤王说：

"大月氏国真是不堪一击，要不是那个狗屁国王拼死抵抗，王后和那个小崽子也休想逃脱。来！来！快斟酒！"

被劫掠而来的大月氏国妃子硬着头皮给老上单于倒酒。女人低头斟酒，发现单于用的酒器很特别，仔细一看，竟是一个骷髅头，这把妃子吓得惊叫一声。

单于仰头把骷髅头中的酒端起，豪饮一口，递给女子，示意她喝。

还在战栗的女子被吓得惊恐万分，顺从地从杯中轻啜一下。一旁的匈奴众臣见状，跟着哈哈大笑。

"哈哈，美人，味道怎么样？知道这头颅是谁的吗？"

女子惊恐万状，吓得根本说不出话来，只是胆战心惊地摇摇头。

老上单于狂笑道：

"这是你的丈夫大月氏王的脑袋。哈哈，本来是想做夜壶盛尿的。奈何头颅太小，只能做了酒器！"

女子浑身颤抖，紧接着惨叫一声，便昏厥了过去。

听到这里，汉武帝拍案而起：

"还有这等残忍的事？简直就是灭绝人性！天理不容！"

汉武帝说完，叹息一声。

有宫女乐师在抚琴吟唱：

> 秋风瑟瑟兮蝶叶飞，
>
> 草木凋零兮雁南归。
>
> 王有嗟叹兮花渐落，
>
> 芳香欲散兮好心伤。
>
> 筝鼓重鸣兮谁催响，
>
> 壮志难成兮徒悲凉。
>
> ……

陈忠见汉武帝发怒，赶紧说：

"圣上忧国忧民，我大汉子民有圣上这样的明君，实乃万幸！"

"高山流水，知音难觅。难得爱卿懂我心迹。"

汉武帝忧心忡忡地叹了口气。

"圣上折煞老臣。老臣辅佐两代君王，功过是非自在人心。圣上为国忧思，老臣钦佩。老臣转眼已到古稀之年，徒感叹矣！奈何老臣年迈，空有一腔报国之情，无有杀敌之力。"

说到无奈处，陈忠眼中泛着泪花。

汉武帝搀扶起陈忠：

"自从先皇有了白登之围，大汉几十年忍辱负重，任那匈奴肆意猖狂。今我大汉休养生息，天下殷富，财力有余，士强马壮。何惧番邦?"

"圣上雄才大略。养精蓄锐，用兵一时，与匈奴一战，势在必行。"陈忠附和着。

"爱卿既知朕意，出使西域，寻那大月氏国，才是重任。"

"圣上英明，不过文武大臣主战、主和伯仲相当，主和派又有窦太后支撑，圣上断不可贸然行事……"陈忠小心翼翼地提醒着。

汉武帝点了点头，叹息一声道:

"唉! 朕何尝不知? 依爱卿之意，该做何打算?"

陈忠再跪:

"圣上英明，圣上即刻就张贴皇榜，选拔意中出使西域之人。皇恩浩荡，定会有贤臣现世，助圣上完成伟业。老臣不才，虽是暮年之躯，不堪大任，但会尽力辅佐，完成圣上夙愿!"

第二天，汉武帝招募出使西域使者的皇榜就张贴出去了。一时间，京城文武百官和百姓都在议论此事。可是，一日复一日，接连月余，竟然无人肯揭皇榜。

老臣陈忠坐不住了，汉武帝更是心情郁闷。平日里个个都是满口报效朝廷，到关键时刻却无人肯出头担当。

陈忠去查看几次，皇榜之下文武百官和老百姓不再围观，都保持距离，避之唯恐不及。

张骞见城墙上张贴的皇榜无人问津，几个看守的兵士在打盹。出于好奇，张骞凑过去想看个究竟。

困乏的兵士见是张骞，便一番调侃：

"张郎官，听说你在酒肆洗盘碗，果有此事？"

张骞打趣道："哪有，都是他们胡诌，不必当真，不必当真。"

兵士不依不饶：

"张郎官一向行事迥异，想必不假。"

张骞仔细观看内容，忘记了士兵的调侃。招募出使西域的使者，看日期这已经是最后一天。张骞的心头一颤，心想差点误了大事。我张骞心怀大志，一直苦于无法施展，这岂不是天赐良机吗？机会就在眼前，此时不揭皇榜，更待何时！

张骞上前一把揭下皇榜：

"这皇榜骞揭了。你们速速禀报圣上去吧！"

兵士这下可慌了：

"张郎官，你可别跟我们这么闹着玩啊！这可是皇榜，揭下可要负责的！"

"我当然负责了。哈哈，速带我去面见圣上。你们也不用在这儿守着清冷了。"

兵士们更慌了，死死地拉住张骞不放，生怕张骞消失了。

"我跟你说，这可真不是闹着玩的，你必须负责！"

一个兵士跌跌撞撞地跑去禀告：

"报，大喜，大喜，郎官张骞揭了皇榜啦！"

啊？一个郎官敢揭这皇榜，一时间长安城妇孺皆知，大家奔走相告。张骞在兵士的簇拥之下，昂首挺胸走向皇宫。

5.出使西域

这日，陈忠府内异常忙碌，本来清静深幽的大门口突然增派了不少兵丁。连府里的丫鬟菊香都嗅到了一股紧张的气息。

张骞把马缰绳交给守门的兵丁，独自踏进陈府大门。厅堂已置酒宴，陈忠站在厅堂之外，早早地迎候。

张骞上前抱拳深施一礼，紧张地看着陈忠：

"大人何以如此？素闻大人清廉，骞何德何能，受此礼遇？"

"张郎官不必客套，听闻你揭了皇榜，老朽佩服有加，自当备些薄酒款待。"

"小人岂敢劳陈大人这般厚待。为国尽忠当为臣民职责！骞只不过尽了本分。"

"哈哈，果然是青年才俊。老朽不值一提，今夜花好月圆，有人要见你。"

陈忠的一席话，让张骞深感疑惑。谁要费这般周折以这样的方式见一个普通得不能再普通的郎官？

就在张骞半信半疑之时，从内室走出了一身微服的汉武帝，身后还跟着一位书生打扮的小太监。

太监没等张骞反应过来，喝一声：

"郎官张骞，圣上在此，还不跪拜。"

张骞赶忙屈膝跪拜：

"郎官张骞见过圣上！"

汉武帝扶起张骞上下打量：

"免！"

汉武帝落座，看着张骞，示意他坐下。三个人坐好后，汉武帝示意随从退后。汉武帝对张骞说："皇榜是爱卿揭的？"

"张骞斗胆，毛遂自荐。张骞自入宫为郎以来，深感无所作为。幕僚之间迂腐之气日盛，百无聊赖，枉度光阴。为郎一年有余，报国无门！"

张骞这么一说，汉武帝不知道该如何回答了，面子上很难看。

陈忠赶忙训斥道：

"报国无门就揭皇榜？张骞你可真是大胆。你这分明是在影射圣上无重用尔等，该打！"

张骞微微一笑：

"非也，张骞只是感慨才疏学浅，机缘难觅。未有影射圣上之意。"

汉武帝哈哈大笑起来：

"好个郎官张骞，照你如此说，朕还是怠慢了你。你初出江湖，可知这出使西域的意义？"

张骞真诚地回答：

"知！榜文虽说是为互通贸易，友好往来，却不是圣上本意。"

陈忠呵斥：

"大胆，小小郎官竟敢造次！"

汉武帝摆了摆手：

"张骞，但说无妨。"

张骞继续道：

"如果如此简单，圣上何以深夜会骞？互通贸易只是托辞，圣上其实另有他图。圣上，匈奴犯我边境，战祸不断。实乃心腹大患。如今朝廷主战、主和派争论不休，圣上励精图治，时时为铲除匈奴之患夜不能寐。派使节出使西域，名为贸易，实为联系西域各国，共击匈奴！"

汉武帝被张骞一席话说得拍案而起：

"好啊，朕没看错你，当初在朝堂之上，只有你一人不跪，朕就知道你必是可用之人。好个聪明的张骞，你真知朕心。好！好！好！没叫朕失望！来，朕敬你一盏！"

张骞却说了句：

"圣上且慢！"

众人皆惊。只见张骞慢慢起身，大步走到庭院之中，在地上抓起一把泥土，又折回房中，把手中的一半泥土丢进汉武帝的酒盏，另一半丢进自己的酒盏。

一旁的陈忠和太监吓得不轻。太监怒道：

"不敬当斩，张骞你可知罪？"

汉武帝端着酒盏也不知如何。

"张骞不知何罪，只知圣上是个明德之君，胸怀宽广，堪当大任。这土是我大汉疆土，虽疆域辽阔，却没有多余一抔舍给番邦；这酒是我大汉之水，汨汨滋养大汉子民。骞饮下此酒，定当心怀大汉。骞自感使命重大，承蒙圣上信任，自当矢志不移，不辱使命！"

汉武帝被张骞的一席话深深感动，动情地一把拉住张骞的肩膀：

"说得好！朕与你一同饮下这盏泥酒。大汉有你这般良臣，复兴有望。张骞听命！朕任命你为出使西域的大汉使节！"

汉武帝说完，举起杯盏一饮而尽。

"谢圣上！"

张骞的眼眶湿润了，他第一次感受到了身上肩负的重任。他凝重地举起沾满泥土的樽盏，也随着汉武帝把杯中的泥酒饮下。

送走汉武帝，陈忠留下张骞，一起商议出使团组成人员名单和出使事宜。出使团中文有老臣陈忠，武有骁将周莽，其他成员可以由张骞选拔。张骞向陈忠推荐匈奴人甘父作为精通汉话的翻译。陈忠狐疑，并告诫张骞，匈奴人反复无常，不讲伦理纲常，恐难调教，不能委以重任。张骞一再解释，这人与众不同，是他的义弟，当初相救，他知道甘父性情。

陈忠说：

"张郎官，甘父既是匈奴人，我看罢了吧。我已为挑选了精通匈奴语的人选，长安城唤作'快嘴张'的便是。"

可张骞依旧坚持要带甘父同行。张骞的固执令陈忠甚为不满，二人在人员定夺上有了小小的争议。陈忠不便继续与张骞争执，只是反复提醒张骞，在重用甘父这件事情上，要从长计议。

张骞辞别陈忠，正准备往外走，却和陈府的丫鬟撞了个满怀。菊香摔倒呻吟。

菊香身后闪出陈府小姐素阳，素阳嗔怒地对张骞大喊：

"何方狂生，竟然如此无礼？"

张骞连忙道歉：

"小生鲁莽，得罪得罪。"

张骞慌忙退下。他感觉素阳面熟，却不敢辨认。素阳得意扬扬，她已经趁张骞不备，把张骞身上的玉佩拿到了手里。原来素阳就是三番两次捉弄张骞的那个女扮男装的英俊少年。

素阳暗笑，张骞却蒙在鼓里。

秋阳下，张骞正在招募出使西域的人员，陈忠推荐的周莽和快嘴张也跟着张骞协助选拔。应招者不多，通过的人就更少了。选之又选，终于凑足了百人。这百人使团人员构成复杂，圣上钦点的有武将周莽的兵众四十、陈忠大人的家将随从二十、应募商贾十人；剩下的三十人众，大都是应募而来，有身份卑微的奴隶，有混饭吃的乞丐。人马凑齐，一切准备就绪，张骞禀告了汉武帝，便准备择吉日启程。

老臣陈忠抓紧时间处理家事。小女素阳自小定的娃娃亲事，男方有意迎娶，陈忠决定送闺女出门。

这一日，陈府小姐素阳被丫鬟扶上了马车，陈夫人垂泪送别。夫人再三叮嘱，令素阳很不耐烦：

"娘，我这是出嫁，又不是出家！您干吗哭得这般伤心？我都憋不住笑了。"

丫鬟菊香用力掐着素阳：

"小姐，这么多人围观，您还是要掉几滴离娘泪，也好掩人耳目。"

"不掉，不掉。少啰唆。本姑娘心情好着呢。再说，我才不稀罕嫁人，我要跟着爹，也去西域转转。"

菊香返回府中，不一会儿拿出一物递给素阳。素阳好奇，不知是什么物件，便低头打开，不想是辛辣刺激之物，顿时眼泪涌出。

菊香这时高喊：

"姑娘离家，滴泪两行，父母安康，人丁兴旺……"

素阳揉着眼睛，狠狠地瞪着菊香，好像在说："死丫头你等着，看我怎么收拾你。"

在吹吹打打声中，马车启程。望着女儿出嫁的车队走远，陈忠总算放心了。

长乐宫鼓乐齐鸣，香气缭绕，皇家圣殿里庄严肃穆。这是比较隆重的欢送仪式。满朝文武百官尽数出席。出使团百人队伍精神抖擞，在张骞的带领下跪拜圣恩，准备出发。

侍从递上皇上赐予的玉璧和汉使节杖一枚，张骞跪接。

汉武帝上前扶起张骞：

"此行出使西域，责任重大。朕盼爱卿不辱使命，早日凯旋。"

张骞匍匐叩谢：

"谢圣上恩典，张骞无以为报。大汉节杖在身，人在节杖在；人亡，精神犹存。圣上威武，大汉雄风永在！"

众人齐颂："圣上威武，大汉雄风永在！"

汉武帝挥手，张骞起身，手持节杖走下台阶，汉武帝移步相送。

汉武帝建元二年（前139年），张骞以郎应募为使，率一百余人使团出使西域。张骞出使团在筝鼓鸣奏间浩浩荡荡出发。出使队伍穿过长安城大街，引全城百姓夹道欢送。

第三章

≋

雄关漫道

1.女扮男装

向晚的斜阳用尽了最后一丝力气，在地平线的尽头把天空渲染得红彤彤，一转脸便彻底消失了，天色黯淡了下来。张骞出使团一行人也准备就近找地方安营扎寨，稍作休息调整。

甘父一直一言不发，默默地跟随在张骞的左右，一刻不离。

武将周莽的快马和陈忠的马车并行。

周莽一路上和陈忠喋喋不休：

"真是丧气，跟一胡人共事，我周莽怎么也想不通。"

陈忠安慰道：

"周将军息怒，木已成舟，我们小心就是。"

周莽无奈地叹了一口气，命令身边的随从：

"给我盯紧这胡人，稍有异动，先取其性命。"

随从回答：

"喏!"

队伍停止前进，陈忠看了看天色，从马车上跳下来，伸了伸自己的老胳膊老腿，对周莽说：

"唉！人老了，就是不中用，坐个马车都累得腰酸背痛的，比不了你们年轻人啊。"

"哪里啊？您老人家身体还是很好的。"

在宿营地，出使团成员们在饮酒狂欢。张骞在帐篷里跟陈忠议事，周莽在帐篷周围巡视，快嘴张正和商贾们胡侃，那些乞丐们大口地嚼着肥美的食物，大碗的喝着水酒。

快嘴张骂道：

"你们这帮贱坏子，都是饿死鬼托生的吧？吃起来没够！"

几个乞丐嘴里叼着鸡，喝得迷糊。几个人去营地边上解手，一个走得慢的，还没提拎上裤子，忽然被绊倒，来不及呼喊，已经被拖入草丛中。很快，便又恢复了平静。

第二天一早，天还没亮，张骞就起来了。他刚走出帐篷，迎面碰到端着一大堆物件的快嘴张。

"张大人，陇西郡郡守送来财物若干，还请大人笑纳。"

张骞向他挥一挥手，快嘴张没明白是怎么回事，站在那儿没敢动。

张骞道：

"快嘴张，经营这般杂事，你确有一套。"

快嘴张一听，呵呵呵地干笑着：

"大人过奖，您看这些我放在哪里？"

"交给陈大人处理吧。"

张骞摆了摆手，叮嘱一句：

"明天就出汉界，进入河西，务必叫大家多加小心。"

快嘴张应了一声"喏"，便走开了。

荒郊野外，没有一丝遮挡，毒辣辣的太阳，毫不吝啬地把热量释放给大地。陌上的风肆意地吹着，丝毫不见一丝凉意。热热的风，把人们身上的汗水都蒸发掉了，让人感觉更加酷热难耐。沿途不见一棵高大的树，偶见一丛丛矮小的灌木，屈指可数的叶子也被烘烤得朝下耷拉着。一行人人困马乏，有的坐在马背上竟然开始昏昏欲睡。

快嘴张却依然精神抖擞，他正催促着队伍：

"你们这帮贼坏子，都给我精神点。"

一个随从用布遮挡住自己的脸，东张西望，神色有些可疑。当陈忠的马车和张骞的战马从身边经过时，随从赶紧低下头，把脸整个缩进褐色的裹布中。

陈忠从马车中探出头来，对马上的张骞说：

"张大人，队伍人困马乏，不如在前面小树林暂作休息，等烈日下山，再赶路不迟。"

张骞觉得陈忠此言甚好，便答应着：

"就依陈大人。周将军，你查看一下小树林内是否安全。"

周莽带着几个随从策马冲进了小树林。片刻，周莽站在树林外，挥舞着大刀向张骞示意安全。

　　大家在树林里找寻阴凉之处，坐下来休息。周莽靠在一棵树干上手持雕弓，挑衅地看着甘父。他从马鞍上卸下箭筒，箭筒里装了十几只雕翎箭。

　　周莽对甘父说：

　　"这是周家祖传的雕弓，没有千斤力气无法拉开。在下乏困之时，也用之不得。传你力大过人，有本事拉开试试？拉开这弓就归你，拉不开你就给我滚蛋。敢试吗？"

　　甘父站了起来，有兵士闻讯也围拢过来看热闹。甘父接过雕弓，搭上一箭，他站直了身躯，岔开双腿，前后手在弓弩上一搭，屏气凝神，轻轻一拉，便把弓弩拉开。他拉了三下，又放了三下。面不改色，气不慌乱。当他把弓箭拉到第三次的时候，突然发力，雕翎箭带着风声从周莽脸颊飞过。周莽先是吓得闪身一躲，接着便勃然大怒，他对着甘父叫嚷道：

　　"好你个胡人，算计我！"

　　恼羞成怒的周莽拔出刀，准备还击。那雕翎箭直直地射向远方，只听得百米开外的树上一声惨叫，便听到有人跌落的声音，那人连滚带爬地逃走了。

　　气氛顿时紧张了起来。

　　"不好！有刺客！"

　　周莽顾不上再与甘父计较，急忙开始排兵布阵，提高警戒。

　　张骞和快嘴张正在树林东侧的一处浅溪边纳凉，他们根本没有发现小树林里发生的事情。几个兵士在溪水间打闹，也波及了正在纳凉的张骞和快嘴张，他俩浑身湿透，被兵士们整得够呛。

快嘴张见打不过，便慌忙地躲在张骞背后，大声嚷嚷道：

"你个贼坯子，以下犯上。张大人，要不咱俩合力弄他？"

张骞也点点头：

"弄!"

这个朝张骞泼水的随从大惊失色，慌忙躲避，还是被扲掉外衣。快嘴张和张骞不依不饶，继续追赶着。

随从先是一脚把快嘴张踹倒，拿稀泥糊住了快嘴张的脸。一边糊一边嚷：

"你们这一帮下流坯子!"

快嘴张被随从的举动激怒了，他怪叫一声：

"反了这是!"

快嘴张一头扎进水中，他一边想冲掉糊在脸上的泥，一边想从水里偷袭这个随从。

张骞这时已经追到随从，他用力一拉，俩人一起掉入齐腰深的水中。随从在水里挣扎站起，张骞一眼瞥见随从曲线毕现，这分明是一名女子……张骞看傻了，还未转缓过来，随从扬手一个嘴巴，然后裹紧衣物上岸离去。

奔过来的快嘴张只看到随从打张骞嘴巴的一幕。

快嘴张惊愕地看着张骞，又看了看随从：

"喔？这样也行？这真是反了啊！"

张骞的眼前快速浮现出堂邑考家那偷东西的少年才俊和陈大人家的小姐，刚刚那个人莫非是他？是她？

就在这时，陈忠在树林里大喊：

"发现匈奴探子，大家上马！"

2.感召甘父

遭受张骞和快嘴张戏耍的正是素阳小姐。

成亲路上的素阳心里越来越不是滋味。离长安城越远，越是想念家乡。外面的荒凉景致对从小就娇生惯养的素阳来说，真的是越来越难熬。她不禁埋怨起她爹来：

"呸，我呸呸呸！我爹陈老头就是死要面子活受罪。那个男人到底长成什么样子都不知道，他要是个瘫子，我跟他怎么成亲啊？"

"小姐，您就别抱怨了，事已至此，咱们还是抓紧时间赶路要紧，姑爷在家一定等得着急了。"

丫鬟菊香深知小姐的坏脾气，她劝慰着。

"我才不要成亲，要成亲你成亲！我爹真是够狠心的，把我嫁出去就省心了。对了，你和商六成亲吧！我的这些嫁妆全都送给你了。小丫头，别以为我看不出来，这几日，你们俩眉来眼去的，当我是木头人啊。"

素阳的这一股子没头没脑的话一下子把菊香说得脸唰的一下就红了。

"小姐！你……"

素阳一不做二不休，掀开车帘，对着正在赶车的商六说：

"商六，这样好看的媳妇你要不要？"

商六听傻了，半天没回过神来。

"问你呢？把菊香带走当媳妇，你要不要？"

素阳在商六耳边大声嚷嚷。

商六这才反应过来：

"啊，啊，那什么，我要。可是我是奴仆……"

"小姐，你可不能这样，老爷和夫人如果知道了，非得打死我两回不可。"

菊香说着说着，眼泪便流了出来。

素阳头都没抬，满不在乎地说：

"陈老头出使西域去了。根本不会找你们算账……菊香，你我主仆一场，我也不亏待你，我爹和我娘给我的嫁妆，都归你了。今天，咱们干脆散伙算了。"

素阳说完，便拉过马车上的缰绳，飞身上马，转身对商六说：

"你带着菊香走吧，我要找我爹去，跟他一起出使西域。"

菊香早已经泣不成声，她拉过商六跪下，二人朝着素阳策马飞驰的方向，双双叩拜：

"谢谢小姐成全！小姐保重啊。"

就这样，几经周折，素阳终于追上了使团队伍。她没有惊动爹爹，怕被爹爹知道，赶她去成亲。她用起了惯用的伎俩。那天夜里，她趁夜色打晕一个随从，乔装混进了使团队伍，走了三四天，都没人注意。若不是今日在溪边玩得忘情，被张骞识破，她都准备一直装下去。

张骞已经认出了素阳，她就是那个捉弄自己的少年。他还有点缓不过来，没想到他是个女的，不过回味起来也觉得有趣。素阳不说，张骞也就无意点破。

自从在小树林里发现了匈奴的探子，周莽便更加警惕起来。他一边命队伍快速行进，一边密切观察周围的动静。

队伍到了一处开阔地，周莽才松了一口气。他停下脚步，对身后的兵士说：

"各位兄弟，刚才一路狂奔五十里，想必匈奴无法追及，大家稍作喘息。"

周莽的话音未落，突然发现前面不远处站立着三十余个匈奴兵将。这是出使团第一次和匈奴兵将正面相遇，没有战斗经验的兵士害怕起来。他们小声嘀咕着，队伍中出现了一阵骚动。

陈忠断喝一声，收起涣散的军心：

"大家休要惊慌，匈奴兵只有三四十人，我出使团有百余人，真要厮杀起来，不足为虑！"

周莽扬起手中的大刀，勒紧马缰绳，向兵士发号施令：

"各位军士听我命令，要战，务必斩草除根！不能手软！"

就这样，双方在相距二十余米的一处空地对峙着。

甘父没有动，他一直死死地盯着匈奴兵将。他身边的两位兵士却在暗中观察着甘父的举动。这两位兵士是周莽的贴身护卫，周莽派他们监视甘父。

张骞对快嘴张说：

"你过去跟他们说，我们是商务使团。"

快嘴张颠颠地跑过去，大声喊道：

"呔，我们是大汉使团，不得无礼！"

对面匈奴兵将没有反应，为首的这员胡将叫铁弗坤，只见他一副短短的虬髯长在硕大的嘴边，面皮紫黑，铜铃般的大眼，深邃凶狠。他面无表情，瞅着对面这一百多人的队伍，像是一头猛兽看着一群软弱的绵羊，眼神里流露出凶狠和贪婪。

快嘴张见状，胆子大了起来，继续往前走。

他一边走一边继续喊：

"大汉使团，以礼节待人。借路一条，尔等放行！"

铁弗坤脚下一蹬，一个鱼跃从马上跳下来，一落地，便径直朝使团这边走来。大家面面相觑，不知道怎么办才好。快嘴张见状，来了精神，正要搭话，只见铁弗坤走到快嘴张跟前突然拔刀，手起刀落，快嘴张栽倒而亡，这举动瞬间震惊了全场。

铁弗坤继续面无表情地向前走着，离张骞他们越来越近。

两个兵士上前阻挡，都被铁弗坤挥刀砍倒在地。

一旁的周莽见状，再也忍不住，他怪叫着，一声大喊："杀!"

大汉兵将应声迎击，双方瞬间战成一团。匈奴兵将在铁弗坤的带领下迅猛地砍杀着，使团的兵士们招架不住，商贾和乞丐们开始四处溃逃。

陈忠大喝：

"顶住!"

一商贾吓得魂不附体，连连说：

"陈大人，我连鸡都没杀过，我们是来做贸易的，不是来打仗的。"

一乞丐也随声附和：

"陈大人，我倒是杀过鸡，可杀人也不会啊。"

任陈忠怎么喊，还是无法阻止众人的溃逃。陈忠此时，拔刀怒向：

"临阵脱逃者，格杀勿论!"

商贾和乞丐吓得直哆嗦，还未等他们掉头，扑上来的匈奴兵便残暴地砍杀过来。商贾被一刀毙命，鲜血喷溅在乞丐的脸上，乞丐吓得哇哇大哭。

张骞却面无惧色，他拔刀打落了一支射向甘父的箭羽，甘父一愣。

素阳从大哭的乞丐手里夺过战刀，一个箭步奔向一个匈奴兵，架住了刺向陈忠的长矛。素阳推开匈奴兵，回头抡刀向匈奴兵砍去，匈奴兵惨叫中刀，素阳跃起踢中匈奴兵。

素阳的长发随风飘散，女儿身显现。另一匈奴兵的战马飞跃而来，匈奴兵挥着长矛从后面刺向素阳。张骞见状，搭弓瞄准，正中马上的匈奴兵，兵士跌落马下。陈忠赶到，一刀将匈奴兵砍死。只见陈忠的白发、白须、白战袍，此刻已被鲜血染红。

陈忠看到英勇拼杀的素阳，又惊又喜：

"素阳我儿，小心！"

素阳朝陈忠做了一个鬼脸，笑嘻嘻地说：

"爹，行啊！"

有素阳参战，使团兵将气势大振，大家齐心合力，拼死冲杀，匈奴兵瞬间被斩杀过半。

周莽挥舞大刀，浑身沾满鲜血。他在与铁弗坤对峙着。只见铁弗坤嘶吼一声，直奔周莽而来。两边兵士空出场地，周莽单个对决铁弗坤。双方憋足了劲，只听兵器磕碰声叮叮当当。双方战完一个回合，周莽转身，他的脸颊有刀锋的划痕，狼狈至极。

铁弗坤阴森一笑，只见他的脖颈上慢慢渗出血迹，紧接着便如泉涌。突然他踉跄栽倒，面朝下抽搐了一会儿，便再也不动了。

匈奴兵将见状大惊，纷纷溃逃，大汉兵士立即追杀，喊杀声响彻了天宇。

周莽鼓舞着士气，大声喊着：

"兄弟们，全歼胡贼！杀！"

此刻尸横遍野，周莽带着兵士打扫战场，而甘父却坐在一块石头上一动不动。张骞仗剑走来：

"义弟，快嘴张已经阵亡，再往前行，全指望义弟翻译了。"

甘父淡淡地问：

"安能信我？"

张骞一脸真诚地看着甘父：

"疑人不用，用人不疑。"

甘父追问道：

"你不怕我逃走？"

张骞笑了笑，轻轻拍着甘父的肩膀说：

"以义弟的本领，要走早走了。"

甘父正欲再开口，却见周莽朝这边走来，便欲言又止。

周莽向张骞汇报着：

"我方损失十余人，胡贼尽数被歼。张大人请放心，小股胡贼，不成气候。"

张骞笑答：

"甚好！今天多亏周将军。"

周莽看了一眼甘父，不屑地说：

"你既已归汉，打斗之时为何一箭未发？还有，百步之内，你箭无虚发，却为何放那探子逃走？是不是故意让他通风报信？"

甘父站起与周莽怒目相对，双方剑拔弩张。

张骞拉开他们俩，转头对周莽说：

"周将军且慢，甘父虽已归汉，但毕竟是匈奴血脉。血肉怎可相残？我倒觉得义弟重情重义！"

甘父听了张骞的这句肺腑之言，内心极为触动，久久地注视着张骞，眼里闪烁着晶莹的光。

3. 又战崖口

茫茫戈壁滩，远远望去，看不见一个人影，热辣辣的太阳高高地挂着，熏烤着地上的生灵。一只苍鹰掠过头顶，万里晴天没有一丝云彩。

周莽挎刀骑坐在马背上，他的目光追随着苍鹰移动，警惕的耳朵在聆听着。经过了上一次的血战，这一路都未再遭遇阻挡，匈奴人怎会这么消停？还是因为这里幅员辽阔，匈奴人数量毕竟有限，无暇顾及了？

甘父斜挎着周莽的祖传雕弓，他的马紧紧地跟随着张骞。他面无表情，黑亮的皮肤上布满细密的汗珠。他没有用手去擦，而是任其滴落在他浓密的胡须之上。

张骞也早已汗流浃背，他用手擦了擦头上的汗。连续的长途奔袭加上大漠风沙毒日的烘烤，张骞的肤色日渐深重，脸上显现出疲惫之态。

张骞勒住缰绳，回头问甘父：

"义弟，前方是何地？"

"鹰嘴崖。这里地势险要，非常适合设伏。"甘父不动声色地回答。

周莽沉不住气了，接话道：

"你的意思是匈奴人早已经在鹰嘴崖设伏等候我们了？"

甘父点点头说：

"必有一场恶战。"

"连个胡贼毛都看不到一根，哪里来的恶战？"

周莽不死心，嘴里嘟囔着。

"一路畅通，却屡有苍鹰飞旋。我们的动态行踪恐怕对方已然了如指掌。何况鹰嘴崖又是通往西域的必经之路。"

这时，又见一苍鹰低空掠过，周莽气得挥刀向空中一劈，试图杀死飞来的"密探"。

素阳策马赶到，她见状揶揄着：

"周大哥，你还是省省力气，留着一会儿杀胡贼吧。"

闻听前方有埋伏，商贾、随从、乞丐们慌了神，一些人纷纷下马跪拜：

"张大人，我们跟随你来，可不是来送命的，家里还有妻儿老小等着我们回去。不如……不如放我们一条生路，让我们回去吧。"

"是啊，是啊，明明知道人家在前方设伏，咱们这不是去送死吗?"

一时间，使团内部又骚乱开了。周莽气得挥舞着手中的刀，对着刚刚发言的乞丐:

"我先砍了你这厮!"

张骞赶忙拦住:

"周将军莫怒! 生死关头，畏惧实乃正常。且饶了他这一回。"

素阳也前来帮腔:

"不如叫他走在前面，第一个通过鹰嘴崖。"

张骞正色道:

"既然唯有此路通往西域，骞纵使肝脑涂地，也在所不惜! 各位，现在已无退路，就是原路返回，也是凶险甚多。大家唯有团结一心，通过崖口。"

周莽被张骞一席话感染，也表着决心:

"张大人放心，有尔等断后，就算胡贼再猖狂，也管叫他有来无回。周莽绝非贪生怕死之辈，这头阵我来打了。"

张骞手持节杖，策马在前，右边是威风凛凛的周莽，左边是斜挎雕弓的甘父。陈忠将马车换成了战马，他的身边跟随着女儿素阳。

众人在他们的鼓舞下，也紧紧跟随。

周莽从派出去的探子那里得到禀报，鹰嘴崖南侧是一条渡河，沿岸山高林密，而崖口狭长，只容得下两人同时并行，此关隘一夫当关，万夫莫开。他把消息告知了张骞。

张骞沉思片刻，自言自语道：

"硬闯定会九死一生。"

陈忠急忙接着问：

"张大人的意思是要智取？"

素阳在一旁插话道：

"嗨，张骞的意思是就在原地待命，跟他们耗耐力。"

张骞抬头吃惊地看着素阳：

"素阳小姐果然冰雪聪明。山林中的匈奴兵一定准备好设伏袭击。咱们偏不给他们机会，就在这里安营扎寨，从长计议，再觅良机。"

张骞说完，便下马命令大家在鹰嘴崖外的开阔地上建帐搭营，以作休息。

埋伏在鹰嘴崖附近的匈奴部落首领铁弗兰，正是上次遭遇战中被周莽一刀劈死的铁弗坤的姐姐，她这次在鹰嘴崖设下埋伏就是为了给弟弟铁弗坤报仇。

铁弗兰面无表情地盯着鹰嘴崖入口的方向。她披散着一头火红色的长发，这长发犹如一堆复仇的火焰，在熊熊燃烧着。她的身边站立着八大恶人。

匈奴兵士来报：

"报，头领，汉人距鹰嘴崖不过十里。"

铁弗兰娇喝一声：

"再探！"

铁弗兰咬牙切齿地自言自语：

"坤儿，我一定叫尔等血债血偿！"

八大恶人也随声附和着：

"噬尔血，食尔肉，血债血还！"

"报，头领，汉人距鹰嘴崖不足五里，可……可……"探子再来通报。

"可什么？快说！"

铁弗兰凌厉的目光朝兵士瞪去。

探子战战兢兢地回答：

"可是他们却在五里处停止前进，安营扎寨了。"

"什么？莫非他们事先知道我们设伏？也罢，管你知不知道，反正到了我的手心里，就算你是苍鹰，也插翅难飞。"铁弗兰恨恨地说。

她转身对八大恶人中的一位小声嘀咕了几句，那人便退了下去。

出使团营地，一行黑衣人趁着夜色潜入。黑衣人迅速冲进帐篷，举刀便剁，凝神一看，被窝里全都是石头，没有一个人。黑衣人大惊失色，还未及逃跑，帐篷内已亮如白昼。黑衣人已知上当，拼死砍杀突围，面具掉落，正是铁弗兰身边的恶人之一。周莽赶到，用刀一个斜劈，恶人避闪不及，被一脚踢翻，众人上前擒拿。

第二天天刚蒙蒙亮，张骞便集合队伍，准备过鹰嘴崖。张骞手持节杖，走在队伍的前列。昨晚被生擒的恶人被周莽押至队前。

周莽对着鹰嘴崖口大声叫喊：

"对面的头领听好，昨夜袭扰营地的俘虏，我们张骞张大人以礼相待，并未加害。我大汉使团，只是借道通过，并非滋事。现放回俘虏，以示诚意。"

接着便令兵将给恶人松绑。恶人深深作揖叩谢，就往对面走去。他行至中途，被铁弗兰从远处射来的箭一箭穿心，直直地倒在血泊中。

汉人们大惊，瞬时间，杀声震天，匈奴兵将从鹰嘴崖口冲了出来。只听得铁弗兰一声嘶吼：

"杀！取汉贼张骞首级，有重赏！"

一场恶战开始了。

4.同仇敌忾

被仇恨的火焰燃烧得失去了理智的铁弗兰，一心只想为弟弟报仇。她手执一把长鞭，向汉军队伍横扫。周莽的战马被鞭子抽瞎了眼，周莽从马背摔下。匈奴士兵见状，围堵上来，乱刀砍向周莽。

素阳拼死冲上，救下周莽。周莽翻身而起，拾起大刀，向匈奴士兵杀去。待他转身之时，又被铁弗兰的钢鞭扫到腿部，腿被鞭梢紧紧地缠住，身躯也被铁弗兰用力拖倒。匈奴士兵一起涌上，周莽一刀挥去，几个匈奴士兵应声倒地。铁弗兰抓起一把刀，朝周莽挥动大刀的手臂砍下。周莽惨叫一声，一条胳膊被生生砍下。

铁弗兰一阵狂笑。失去右臂的周莽不顾断臂鲜血的喷涌，单手持刀，怒吼着俯身向一个匈奴士兵扑去。铁弗兰再次挥鞭，鞭子却被赶到的甘父紧紧抓住，双方缠斗在一起。

甘父向周莽大喊：

"快，告诉张大人速速带队伍撤出崖口，我在此抵挡!"

周莽撕下战袍往断臂处一扎，继续拼杀，指挥着使团队伍从鹰嘴崖下经过。出使团人员损失惨重，侥幸逃生的也大多带着伤。崖口路窄，路面崎岖，队伍行进缓慢。两边悬崖上埋伏的匈奴兵开始放箭。张骞和素阳等人用刀剑抵挡匈奴兵射来的箭羽，可是依然有随从中箭而亡。

铁弗兰被甘父踢出十余米远，重创倒地。铁弗兰挣扎而起，口吐鲜血，用匈奴语咒骂一句，甘父亦用匈奴语回敬一句。

铁弗兰大惊："你是匈奴人?"

甘父干净利落地回答："正是。在下甘父。"

铁弗兰哈哈大笑，咬牙切齿地瞪着甘父：

"忘祖弃宗，帮助汉人。我今天就替单于取你狗命！"

甘父也不甘示弱，一边抵挡着铁弗兰的进攻，一边一脸不屑地说：

"你满眼仇恨，嗜血成性，丧失人性！像你这样如蛇蝎般的女人，也是我匈奴之耻！"

铁弗兰被气得眼睛都红了，恶狠狠地说：

"杀弟大仇，焉能不报？多少年来，匈奴都是汉家的奴仆，汉人何时把我匈奴人当人？今日，正是报仇雪恨之时，无耻甘父，拿命来！"

这时，七大恶人也赶上来围住甘父，甘父面不改色，并不畏所惧。

甘父边向后退边对他们说：

"别逼我！我不想滥杀尔等！"

恶人们可不吃这一套，他们喊杀着冲了上来，甘父一时陷入困境。正在这时，张骞骑着一匹战马飞奔而来。张骞大喊：

"义弟，为兄来也！"

甘父瞅准机会跳上马背，恶人们紧随其后。甘父抬头射箭，悬崖上的绳索断裂，匈奴人自己设置的滚木雷石瞬间垮塌。甘父和张骞穿越而过，匈奴兵来不及躲避纷纷葬身于巨石之下。

甘父回头一笑，张骞策马狂奔。

铁弗兰望着甘父的背影，愤恨地把手中的箭羽折断。

一只苍鹰飞落在铁弗兰的肩上，铁弗兰解开鹰爪上的绑绳，取下一封信，读罢，面露凶光。她侧头对恶人们说：

"汉人借路西行，已经惊动了军臣单于。单于下令，务必查个究竟。传我命令，选派百人精兵，带足给养，轻装简行。"

恶人问："头领准备在哪里与汉军决战？"

铁弗兰低头沉思一下，抬起漂亮的头颅，恶狠狠地说：

"幽冥堡，就是尔等葬身之地！"

从鹰嘴崖突围出来的使团队伍继续向前赶路，队中人员伤亡惨重，周莽断臂，陈忠有箭伤；物品遗失了一大半，马只剩下不到十四。队伍急需找一个安稳的地方休整，并给周莽和陈忠疗伤。

张骞走在队伍的最前面，甘父代替了周莽的位置，策马前后警戒。陈忠和周莽被安置在马背上，由素阳等人照顾。剩下的马匹驮着物资和给养。

队伍越走越荒凉，眼看着红日就要落山，还是望不到一处可供落脚的地方。放眼望去，一片沙海戈壁与天相接，茫茫无边。

张骞望着这一望无际的沙海，不由得长叹一声，向紧随的甘父问道：

"义弟，你可知道前方是哪里？"

"幽冥堡。"

这时候素阳向张骞跑来，她上气不接下气地说：

"周将军他浑身像炭火一样热，还不住地抽搐；我爹现在也体力不支。咱们赶快找地方安营扎寨吧。"

"好！到幽冥堡歇息。"

幽冥堡就是一座荒芜的土城堡，现已残破不堪。被风沙侵蚀的古堡远看就像一个个小沙丘，只剩残垣断壁。

素阳第一个欢呼着奔了进来，她在沙地上找了一块看似比较平整的地方：

"这地是我的了，快把我爹和周将军扶进来吧。"

陈忠和周莽被安置在古堡中，素阳在她爹的身旁小心地伺候着。素阳用嘴撕下陈忠后背上的一块战袍，从皮囊里倒出一些水，轻轻地替陈忠清除伤口上凝结的血块。

"快，替我拔箭！"

张骞从陈忠后背替他拔下箭羽，陈忠头上的汗水滴滴答答地滴在他满是鲜血的战袍之上，素阳心疼地落泪。

突然，听得后院传来一声大喊：

"此处有水……"

张骞和甘父冲过去阻止正在后院饮水的兵士，甘父一刀砍破水桶，水流了一地。

"谁叫你们擅自饮水？这木桶是新的，很显然不是古堡遗留之物，那井中必定有毒。"

"填井！不得食用古堡中的任何食物！"张骞命令着。

甘父闪身跑出古堡。在古堡外，他俯身捡起一块马粪，把马粪碾碎，发现马粪里面是潮湿的。甘父返回古堡，走到张骞身旁，低声对张骞说：

"从马粪的潮湿程度看，井中投毒应该是三天前，他们一直掌握着我们的行踪。"

张骞点了点头：

"义弟，剩余的出使成员，全都交给你了，由你来保证他们的安全。"

"好。大家听我的，把剩余的水和食物全部集中交给周将军，由他进行统一调配。大家原地待命，静候来敌！"

此时，陈忠也站起来，走到大家面前，面色凝重地问：

"那匈奴兵马几日几时能到？"

甘父回答：

"两日后丑时，兵马必到！"

"喂，你不会是算卦的吧？"素阳调皮地开着甘父的玩笑。

陈忠也不解地发问：

"老朽越发糊涂。明知匈奴大股兵马来犯，不急着行路，走出沙漠，却要静候来敌，是何道理？"

甘父答道：

"以我们现在的给养，走不出百余里，就会被装备精良的匈奴兵马赶上，到时候精疲力竭，何以为战?"

张骞怕众人不懂，便替甘父解释：

"甘父的意思是置之死地而后生，我们现在只能在此以逸待劳，拼死一搏。"

周莽拖着断臂，挣扎着从担架上坐起，喊了一声：

"也好，叫周某杀个痛快!"

甘父对他身边的兵士道：

"快去清点战马!"

兵士答应着跑开了，不一会儿，回来报告：

"战马不足十匹。"

甘父手一挥：

"尽数宰杀!"

周莽一惊，他不解地看着甘父，又回头看看张骞，张骞笑而不答。

甘父看出周莽的疑虑，便抱拳对周莽说：

"周将军，你若不信我，这作战大权还是交还于你。"

周莽连忙摆手，示意甘父：

"不! 不! 我只是狐疑，杀了战马，我们哪里还有生路?"

甘父一脸严肃地说：

"向死而生，搏一线生机! 两日之内，养精蓄锐，只待一战!"

大家的神情也跟着凝重起来。

5.身陷敌围

甘父给每一个人都派了任务，素阳负责第一道防御，在距离古堡三十米的地方设置绊马索，并把在古堡的密室中发现的一些机关拆卸下来，作为御敌的武器；陈忠把各人手头的弩箭集中起来，用弓弩作为第二道防御；第三道防御交给独臂将军周莽，他负责带人用衣物、破麻等物蘸裹马的油脂，点燃后用以火攻。

周莽被甘父的三道防御策略所折服，大叫道：

"甚好，甚好！"

一切布置妥当，这一夜，使团众人围着篝火，吃着烤肉，尽情狂欢。大家都清楚地知道明日将要面对的是什么，他们在用这种狂欢的方式驱赶掉心中对未来和死亡的恐惧。

张骞没有和众人一起饮酒，在古堡内，油灯之下，张骞在帛书上记录着什么。这已然成了他一直以来的习惯。这时，素阳神不知鬼不觉地从外面钻进古堡：

"嘿！你整天写记，在忙什么啊？明天就要血战胡贼，你倒是挺安适的哈。"

"你个毛贼，讲给你也没用。"张骞逗着眼前这个小姑娘。

"你才是毛贼。快拿来我看。"

素阳见张骞不给她看，便伸手去抢，抢到帛书，边看边虚张声势地喊着：

"哎呀哎呀，张骞，想不到你衣冠楚楚之人，净干这拈花惹草之事。你看啊，这记的是什么，花草、奇兽，还有江湖、沙漠的。"

"快还与我。别闹。"

张骞抢夺，素阳躲闪，素阳不慎将怀中的玉佩掉落到了地上。张骞看见，一把抢了过来：

"还说你不是毛贼，我这玉佩遗失数月了，原来又是你做的手脚……啊哈，我想起来了，那日在你府上，你故技重演，叫丫鬟撞我，原来……"

素阳索要玉佩，张骞不给，素阳便赌气跑出古堡。

篝火旁，素阳恢复女儿身，在场地中央翩翩起舞。陈忠拿出乐器伴奏。素阳轻声吟唱：

> 上邪！
> 我欲与君相知，
> 长命无绝衰。
> ……

众人被素阳的歌声感染，纷纷站起围在篝火旁开始起舞。甘父也被歌声吸引，他在想自己的心事。周莽端着酒碗，在喝酒呐喊。张骞也被歌声吸引，从古堡中走出。此时，他们的心应该都是一样的，都在惦念着远在千里之外的长安城，惦念着自己的挚爱亲人。

这一夜，张骞和甘父辗转无眠。

第二日，使团成员们按甘父的安排，各自守着自己的岗位，整个古堡死一般沉寂。他们在暗处等待着一场杀戮的来临。

入夜，逐渐靠近幽冥堡的铁弗兰带着百余精悍队伍慢慢从沙丘之中显露出来。铁弗兰的眼里喷发出仇恨的怒火。

铁弗兰冷笑一声，咬着牙下着命令：

"传我命令，点火把！"

匈奴兵将点燃火把。随着铁弗兰举刀大喊，匈奴兵将骑着战马冲下沙丘，直奔幽冥堡。

张骞和甘父隐藏在残垣之下，观察着远处的敌情。张骞用佩服的眼神在和甘父交流，意思是说：义弟真是料事如神。甘父会意，紧握了下张骞的手臂，他们在互相提醒对方要珍重。

远处两个恶人率领着精锐铁骑冲下沙丘，正好中了沙丘下素阳的埋伏。素阳观察好匈奴战马距离后，娇呼一声："杀！"埋伏在机关两边的兵士便迅速拉起绳索，跑在最前面的战马猛然扑倒在地，后面的也猝不及防，跟着摔倒。顷刻间，匈奴铁骑乱成一团。有的战马跌入暗坑，被铁蒺藜扎得鲜血四溅。

看着匈奴战马惨遭绊马索埋伏，素阳开心地大笑起来。还未等她笑声落下，恶人们从地上爬起，向素阳他们扑来。素阳立即挥刀，兵士奋勇当先，朝着地上的匈奴兵将砍杀。恶人老三躲避不及，被乱刀砍死。恶人老四拼死抵抗，素阳见势不妙，大喊一声"撤！"素阳被跃上土墙的张骞一把接住。随着陈忠第二道防御的开启，恶人老四胸部和腿部中箭，踉跄地倒地毙命。

铁弗兰被眼前的景况惊住了，她没有想到这拨汉人的战斗力如此强大。她眉头紧锁，下令：

"踏平幽冥堡！不留活口！"

匈奴兵这次没有用骑兵硬冲，他们摆成了横竖四列队形逼近城堡。他们进入了陈忠埋伏的地域，随着老臣陈忠的怒吼："射！"兵士们弩箭齐发，一齐射向胡贼。这一道防御，匈奴兵将又死伤二十余人。铁弗兰见状，依然誓不罢休，她挥刀，命令匈奴军队继续冲锋。

周莽见匈奴兵士突破第二道防线，不敢怠慢。点燃动物油脂弹射出去，火球越过冲在前面的匈奴兵士，在后面防备不严的匈奴兵阵中燃烧，一时鬼哭狼嚎。周莽单臂举刀高呼：

"兄弟们，随我杀敌去！"

只听得甘父在后面大喊：

"周将军不要！"

周莽哪里听得到甘父的喊声，他已经和十几个兵士向匈奴阵前冲去。火海中周莽和勇士们以一敌十，杀得匈奴兵将死伤过半。

甘父低头，握拳。他大喊着：

"不能强攻！周将军速退！"

周莽早已杀红了眼：

"大丈夫安有退缩之理，胡贼拿命来！"

周莽挥舞着大刀大叫，铁弗兰见状气急，挥刀来战，却被城堡中飞来的火球击中，面目被烧，异常恐怖狰狞。

恶人老六向铁弗兰请示：

"头领，退吗？"

不甘败北的铁弗兰咬牙切齿地喊：

"胆敢撤退者，格杀勿论！"

恶人老六和铁弗兰把独臂的周莽团团围住。趁周莽抵挡之际，恶人老六的刀狠命向周莽砍去。周莽身中数刀，依然站立着。他单臂挥刀，欲向铁弗兰扑去。铁弗兰命令弓箭手射箭，数支箭射中周莽。一代名将，单手持刀，面向敌众，瞪着眼睛轰然倒下。

张骞和甘父一跃而起，两人冲向敌阵。恶人老六见状，不顾铁弗兰的反对，拉起头领转身就跑。剩余的匈奴兵士见状也纷纷跟着逃到了古堡外。

张骞和甘父没有追赶，抱起周莽的尸体，张骞的眼睛湿润了。数月的朝夕相伴，让彼此间有了更深的了解，甘父已经习惯了周莽的大大咧咧和肝胆侠义。他钦佩周莽的勇猛和不怕死的胆量，又为他的鲁莽和任性而遗憾。周莽的死让他心里感到了深深的自责，张骞把众人托付给他，他没能尽到保护好大家的责任。

张骞手持节杖，面对尸横遍野的古堡，不禁悲从心起：

"诸位，没有想到出汉境短暂数日，竟然屡遭战祸，眼看着出使团就要伤亡殆尽。苍天啊，若留我张骞一口气在，绝不回头！"

兵士们纷纷站起，拿起武器跟着呼应：

"绝不回头！"

又一轮冲杀开始了。临行前，张骞叮嘱素阳：

"一会儿我们冲出去，一起数五个数，你们瞄准我们射击，把弩箭全部射出去！"

一兵士不解地问："为什么？"

素阳踹了他一脚：

"笨蛋，我们一起跟着数五个数，他们会卧倒。都给我记住了！"

幽冥堡外，亮如白昼。铁弗兰带着残破的队伍，围拢上来。双方对峙着，但匈奴兵将的眼睛里露出了畏惧之色。

铁弗兰一声娇喝：

"吩咐下去，埋伏的弓箭手，一会儿冲锋的时候，把箭羽全部射出去！"

汉阵中，只见张骞手持节杖，陈忠的白袍被鲜血染红，甘父怒目而视。他们三人正义凛然地率先向匈奴兵阵走去。

张骞一边走一边向对方阵营高喊：

"大汉使节张骞在此！"

铁弗兰喊道：

"为我胞弟复仇，尔等一个不留！杀！"

说时迟那时快，随着张骞默念完一二三四五，汉阵众人立即卧倒，出使团的箭弩尽数射中匈奴兵，只听得惨叫声连连。此刻，铁弗兰的弓箭手也同时射箭，出使团兵士也纷纷中箭倒地。

张骞缠斗铁弗兰，只听得嗖的一声，一枚暗箭袭来，旁边的素阳猛地扑将上去，挡住了射向张骞的冷箭，素阳中箭倒地。

张骞抱起素阳，连连后退。素阳面含微笑，眼睛慢慢变得模糊。张骞怒吼着打倒近前的匈奴兵将，甘父也跟着张骞一起，向铁弗兰冲去。战了一夜的铁弗兰，哪里敌得过力大无穷的同是匈奴人的甘父，她被张骞和甘父二人合力打下土墙，翻滚着口吐鲜血，再也不能爬起。

战斗打得无比惨烈，双方人员尽数卷入战斗。匈奴兵将尸体遍地，出使团也伤亡惨重。

甘父在查看素阳的伤情。素阳躺在张骞的怀中，脸色青紫。

甘父摇头说：

"箭不能拔，上面有剧毒，拔下毒性会发作得更快。"

张骞颓然坐在了地上，喃喃自语着：

"都怪我，都怪我太没用，让你们跟着受苦，跟着丢命。"

素阳微笑地看着张骞，用虚弱的声音说道：

"张骞，你是大汉真男儿，周将军是，甘父是，我爹也是。我从小就恨自己身为女儿身，不能像男儿那样……"

"别说了，我懂了。"

张骞含着眼泪对素阳点了点头。

素阳也眼含泪水，再次对张骞说：

"能让我喊你一声哥哥吗？我真想做你的弟弟，跟你一起报效大汉。"

"能！"

张骞不住地点着头，从怀中掏出那枚玉佩，轻轻放在素阳的手中：

"这是我们结拜的见面礼，你要好生待之。"

说完便泣不成声。

素阳微笑，断断续续轻吟：

> 上邪！
> 我欲与君相知，
> 长命无绝衰。
> 山无陵，
> 江水为竭，
> 冬雷震震，
> 夏雨雪，

天地合，

乃敢与君绝！

这首绝唱打动了在场的每一个人，陈忠更是老泪纵横。他捶胸顿足，悲伤不已。

张骞悲愤地抱紧了闭上眼睛的素阳。素阳的脸上滚出两颗泪滴，张骞大吼："素阳——"

黄沙肆虐，一行脚印刚被踩出，又被风沙吞没，只留下一行背影直向远方，渐行渐远。张骞手持节杖，顶着风沙前行，几十人的队伍艰难地行进着。

在烈日暴晒下，老臣陈忠晕倒。张骞拿出水袋，打开一看，里面一滴水都没有了。出使团成员们个个嘴唇干裂。张骞望着甘父，不禁感慨道：

"唉，义弟，自出使以来，屡遭重创，真让人痛惜。这茫茫大漠，何时到头？大月氏究竟在何处？如果找不到，张骞死都不能瞑目！"

甘父安慰道：

"兄不必感伤，天无绝人之路，会有办法的。"

这时，头上有鸟飞过。张骞抬头：

"真羡慕天上的飞鸟，可以自由翱翔。"

甘父受到启发，上马，取下弓箭，瞄准天上飞鸟。一枝箭射出，鸟应声掉落。随从惊喜地追逐而去，捡拾飞鸟。甘父再射，鸟再落。

甘父大笑：

"兄一番感慨，想不到启发了我。以后有我甘父在，大家就饿不死！"

"真是天无绝人之路啊。"

这天，队伍继续在沙漠中艰难行进。突然，一个随从惊异地喊道：

"张大人，快看，水！"

张骞手搭凉棚，发现不远处就是绿洲湖泊。出使团欢呼雀跃，大家扑向湖泊，纵情地欢呼着。

张骞和甘父也跳入水中，喝饱，并把皮囊都装得满满的准备离岸。待到他们上岸时，突然发现有匈奴悍将已经控制住陈忠。甘父正欲取弓箭，却发现弓箭已经被拿走。浩浩荡荡的匈奴队伍一齐把弓箭对准了水中的出使团成员。

数千匈奴大军，刀枪林立，他们怒视着手无寸铁的出使团成员。尽管张骞一行人谨慎行进，但是在匈奴控制下的河西走廊，他们还是被匈奴骑兵抓获。

第四章

≈

幽禁十年

1. 智斗单于

匈奴兵将们步步紧逼，出使团十余人都被押解上岸。匈奴弓箭手搭弓上箭，他们的箭瞄准了众人。

甘父一声怒吼：

"拼了！"

匈奴弓箭手的箭一触即发。

危急关头，张骞手握节杖，朝甘父挥了挥手：

"慢！义弟不能硬拼！"

张骞转过身去，面对匈奴兵将朗声喊道：

"我乃汉使张骞，要面见单于！"

匈奴部将须卜禄忙驱马跑向军队阵中，向左将军义渠敦请示。义渠敦正搭手向张骞这边眺望。

须卜禄小心翼翼：

"启禀左将军，这些汉人连挫我军数百人，都尉铁弗兰至今下落不明。看来这帮汉人非一般鼠辈，不可小觑。可否射杀？"

义渠敦把脸色一沉，对须卜禄言道：

"大单于要活的，把他们抓回去！在草原，我们就是天！还怕他们插翅不成。"

须卜禄一拱手，答道：

"得令！"

须卜禄回到岸边，命令匈奴弓箭手放下弓箭，张骞和甘父这才长舒一口气。他们被匈奴兵将缚上绳索，被浩浩荡荡的匈奴大军押解着，踏上了去往河西的路。张骞的手中依然紧握着节杖，神情坚毅地大步向前，这形象完全不像一个被俘者，倒像是一位慷慨赴死的英雄。

河西是北方匈奴的最高长官军臣单于的驻地。这里毡房帐篷林立，牛羊成群。姑娘们载歌载舞，孩子们欢呼雀跃。他们在欢迎凯旋的义渠敦队伍。

张骞和甘父、陈忠等人被押解回来，引来了匈奴人的围观。女人们和孩子们在七嘴八舌地议论着，他们像看动物一样上下打量着眼前的这群汉人俘虏。

一个孩子朝张骞和出使团成员吐着唾沫：

"杀死他们！是他们杀死了我的父亲。"

"杀！杀！"

张骞不知道他们在喊什么，可是从他们的表情中可以判断，这些匈奴人与汉人有着深深的仇怨。都是因为战争，杀人者不仅仅是匈奴人，在这样兵荒马乱的年代，人人都可能成为刽子手。

张骞不禁一声轻叹。

只见人群中走出一位姑娘，她穿着匈奴服饰，颈部和腰间都配着闪亮的兽骨装饰，有着及腰的长发，两鬓编着几个细细的发辫，辫梢缀着羽毛，头上也点缀着一些更大的白色羽毛。

她站在队伍的最前面，冲马上的左将军义渠敦高喊一声：

"表哥，这次带回什么好礼送我？"

义渠敦立即下马走到姑娘面前：

"敏儿，这次没有什么珍宝玩物，只抓来几个汉人。如果单于肯赏赐，敏儿可以从中选几个当奴仆。"

这位叫贺兰诺敏的姑娘惊喜地问：

"真的啊？那我先看一下奴仆的品相。"

贺兰诺敏挤到被抓的出使团成员面前仔细打量着。她看了看陈忠，摇了摇头；又看了看甘父，吐了一下舌头，便走开了。走到张骞面前时，她被张骞手中的节杖所吸引。

她指了指张骞对义渠敦说：

"就这个了，他手里的东西好有趣，敏儿要了。"

说完便伸手准备去抢张骞手中的节杖，张骞反抗。贺兰诺敏不依，再抢。张骞再护，贺兰诺敏猝不及防，一下子摔倒了。须卜禄大怒，甩起手中的长鞭便是一鞭。张骞被鞭梢打中，但依然握住节杖不松手。

张骞从嘴里吐出几个字：

"节杖失，人亦亡！"

贺兰诺敏听不懂他说的是什么，依然不依不饶。义渠敦走过来，制止表妹：

"敏儿，别闹了，他是汉朝使节张骞，大单于要面见他，你就别跟着起哄了。"

"张……三？表哥，你告诉单于，我就要这个张三了，还有他手中那个绿棍棍。"

张骞被押解到单于帐外，其他人等被押解到一处毡房中。甘父非要跟随张骞一起，但被匈奴兵将分开。

军臣单于帐外火把通明，两边是列队的匈奴兵将，虎视眈眈，十分彪悍。

侍卫命张骞放下节杖，张骞朗声高呼：

"汉使张骞受天子命，旌节不得离身。两国相晤，身份平等，去节是为不忠！难道单于要见不忠不义之人乎？"

侍卫又令张骞去黥面。黥面也称墨刑，早在周代的五刑中，就出现了黥面刑。施行的方法是在人的脸上或身体的其他部位刺字，然后涂上墨或别的颜料，使所刺的字成为永久性的记号。

匈奴俘获汉人都要黥面发配成为奴隶。

张骞大呼：

"身体发肤，受之父母，黥面损肤，是为不孝。单于威名远扬，难道要见不忠不孝之人乎？张骞宁死不从！"

张骞的不卑不亢把须卜禄气得怒目圆睁，他拔刀就要冲杀过来，只听得帐内单于一声：

"慢！宣他进帐！"

大帐内火把通明，军臣单于坐在正中，左右分列贤王及众臣将，有懂汉语的匈奴人在左右低声翻译。

张骞拱手对军臣单于施了一礼：

"汉使张骞见过单于！"

义渠敦在旁怒叱：

"大胆张骞，为何不跪？"

张骞大义凛然地回答：

"容张骞禀奏。我乃大汉使者，持节杖觐见，是代表大汉天子，论身份长尊，何跪之有？"

军臣单于哈哈大笑：

"好个张骞，你有胆有识，伶牙俐齿，本王甚喜。不过，你贵为汉使，擅闯边境，杀我将士，作何道理？"

张骞答道：

"单于有所不知，大汉使团所到之处，和睦四方。无奈，贵方不问青红皂白，残忍屠戮。我汉使团众出发百余，两役实为防卫，现折损惨重，所剩无几！望单于明察！"

军臣单于连连点头，又继续追问：

"大汉使团，所欲何为？"

张骞答道：

"奉圣上恩昭，出使月氏。大汉素遵古训，修故约，结和亲，厚关市，与单于早为故交；却因路途迢迢，唯独西边月氏，未闻天子德化，故委以张骞重任通好。"

军臣单于闻言大怒：

"大胆！通好月氏，却从我境肆意通行？于情于理不通也！试问，我若去往南粤，大汉可行？"

张骞面无惧色地回答：

"启禀单于，从我高皇帝起，大汉与匈奴即为姻亲，世代通好。单于不也是汉家的女婿？这一实情，天下人人尽知。我朝礼仪，岳丈过女婿的地界，犹如父亲走儿子的地域是一样的。难道匈奴是父亲听儿子的吗？"

军臣单于一下子被问得哑口无言，哈哈大笑起来。单于命左右贤王为张骞斟酒，并和颜悦色地对张骞说：

"本王招贤纳士，求贤如渴。看你一表人才，何不在本王鞍前马后效劳？何况汉使来降，都得高官厚禄，早有先例，你不必多虑。"

张骞正色道：

"承蒙单于抬爱，张骞不才，身怀使命，怎敢背信弃义，辜负天子恩典。张骞不才，深知做人应恪守气节，绝不做贪生怕死、背信弃义之辈。"

张骞说完便手持节杖，昂首走出大帐。

军臣单于沉脸怒视，帐内气氛剑拔弩张。

义渠敦上前一步，拱手便拜：

"单于息怒，卑职即刻手刃狂徒，长我匈奴威风！"

军臣单于沉思片刻，回答道：

"夺走一个人的生命易如反掌，征服一个人的精神不易！义渠敦，这个张骞归你处置，留着他，征服他的意志远比取他的性命更有意义。我就不信他不降服。"

军臣单于意味深长地笑起来。

2.甘父重伤

军臣单于把张骞交与左将军义渠敦处置，本意是想让义渠敦好好用匈奴的礼仪善待张骞，让张骞归顺匈奴，为单于所用。可是这个义渠敦残暴凶狠，刚愎自用。他对汉人恨之入骨，巴不得弄死张骞。再加上大难不死的铁弗兰逃回匈奴大营后，投到了义渠敦的麾下。这个心狠手辣的歹毒女人每天都巴望着能够杀死张骞他们，为弟弟和她手下的兄弟们报仇。

义渠敦正在他的大帐之外拷打张骞，张骞遍体鳞伤，被绑在一根木桩上。两个匈奴兵士打累了，弯着腰喘着粗气。

义渠敦伸伸懒腰，走到张骞面前狞笑着：

"张骞，别在绵羊群里逞好汉了。我匈奴兵强马壮，何必出使大月氏，就留在这里算了。"

张骞呸了一口。

义渠敦气得大叫：

"这个不识抬举的！嘴巴够硬，给我继续狠狠打！"

兵士继续拿着鞭子抽打着张骞。铁弗兰正从远处牵马回来，看见被拷打的张骞，眼里冒出仇恨的怒火。

她用马鞭向上挑起张骞的下巴，死死地盯着张骞：

"汉人张骞，你还认得我吗？"

张骞睁开眼睛，看着铁弗兰说：

"认得！大汉使团，无意杀戮，你却屡屡相逼。"

铁弗兰咬牙切齿：

"还我胞弟命来！"

铁弗兰拼命地掐住张骞的脖子，张骞被掐得喘不过气来，马上的义渠敦大喊一声：

"住手！单于不准他死！"

铁弗兰慢慢地放开手，张骞一阵剧烈的咳嗽。

义渠敦用手一挥：

"来人！把张骞置于囚车之中，让他感受一下我们草原的烈日吧。"

义渠敦说完便哈哈大笑起来。

被囚于别处的甘父，一直未见张骞回来，开始坐立不安。他趁被押送到牛棚做工的机会，躲开看押的匈奴兵士，小心翼翼地朝着单于驻地一路潜行。途经义渠敦帐外，正好看到了马上的铁弗兰，他倒吸了一口凉气，心中叨念：

"这个女魔头真够剽悍、命大的，居然没有死。"

在军臣单于的帐殿外，甘父发现了被打得遍体鳞伤的张骞。在烈日下，张骞微闭着双眼，忍受着毒日的煎熬，嘴唇都已经干裂，一身汉服早已被皮鞭抽得破烂不堪，背上一道道鞭痕早已经停止流血，血凝固成一条条黑紫的血道，在阳光下格外扎眼。

甘父哪里顾得上匈奴兵士的长刀，他大声朝张骞喊着：

"兄长，你快醒来。"

张骞慢慢地张开了眼睛，他顺着声音看到甘父。张骞激动不已，嘴里不住地回应着：

"义弟，我还活着。他们不会拿我怎样。你告诉大家别轻举妄动，我们暂忍一时，再寻找良机。"

匈奴兵士赶过来，想把甘父架开，可是力大无比的甘父岿然不动，他要陪着张骞一起被毒辣的日头烘烤。

匈奴兵士来到义渠敦的帐中禀报。义渠敦带着随从走出大帐，后面跟着铁弗兰。铁弗兰看见跪在地上的甘父，恶念顿生。她用马鞭狠命地抽着甘父健硕结实的背部，一道道鞭痕渗出血来，甘父依然一动不动。她恼羞成怒，拔刀怒向。

义渠敦立即出手制止：

"这甘父毕竟是匈奴人，铁校尉暂且忍耐。"

铁弗兰怒目圆睁地看着甘父，声嘶力竭地喊道：

"叛贼甘父伙同汉人，与我匈奴两役，我部伤亡惨重。他杀死我胞弟，害我匈奴百名精锐暴死疆场！他是我匈奴之耻！"

甘父依然一言不发。义渠敦走上前去，拍了拍甘父的肩：

"只要你劝说张骞归属大单于，我便免你不死，过往不究。"

甘父狠狠地瞪了一眼义渠敦，朝他呸了一口。这下子可惹怒了义渠敦，他朝铁弗兰挥了挥手：

"甘父，你既然不识抬举，可怪不得我了。铁弗兰，这叛贼就交给你处置吧。"

得令的铁弗兰一阵娇笑。她又挥刀而上，一刀砍来，甘父躲闪，瞅准空当，一个扫堂腿向铁弗兰踢去。铁弗兰痛苦不堪地摔倒。匈奴兵士呼啦一下拿出武器，从四面包围上来。甘父一个转身，突然抓起地上的湿牛粪甩去，匈奴兵将被牛粪击中，个个狼狈不堪。

铁弗兰从腰间解下长鞭，狂啸一声，鞭梢带着风声打过来。甘父躲过第一鞭，脚下却被第二鞭扫中，不慎摔倒。匈奴兵趁机刀枪齐戳，甘父跃起。

被绑缚的张骞焦急地看着这一切，替甘父捏了一把汗。他忍不住高喊：

"义弟小心！"

甘父朝铁弗兰踢去，铁弗兰站立不稳，长鞭脱手。甘父顺势抄起长鞭，扫倒一片兵将。铁弗兰再取刀，但此时她早被甘父的鞭梢套住腰间，甘父轻轻一带，铁弗兰的身子飞起，直接冲到了甘父怀里。甘父的刀此刻抵到铁弗兰的颈下。

铁弗兰闭上眼睛，长长的睫毛下流出一滴泪。当铁弗兰再次睁开眼睛，恰与甘父四目相对。

铁弗兰惊异地问：

"为何不杀我？"

甘父别过身去，说道：

"我非恶人，难有杀心。"

甘父推开了愣愣的铁弗兰。

义渠敦看铁弗兰好久都搞不定这个叛贼，便亲自出马。义渠敦摘下马刀，盯着甘父，突然策马来袭，甘父迎着冲上。

义渠敦狞笑：

"好刀法！"

义渠敦突然抛出暗器飞砂石，甘父躲闪不及，腿部中招，人一下子跪倒。

义渠敦哈哈哈地狂笑：

"狂妄之徒，应得此下场。拖出去喂野狼！"

看着铁弗兰拖走了一动不动的甘父，一旁无能为力的张骞痛彻心扉。张骞大声呼喊：

"义弟，义弟……"

3.张骞为奴

贺兰诺敏一心惦记着要那个汉人张三为奴的事。这一天，她闲着没事来到了表哥义渠敦的大帐，打听单于是不是答应了把张三给她。

贺兰诺敏正准备进帐，被大帐门口的囚车吸引了目光。她好奇地走了过去，发现囚车内囚禁了一个人，这个人的头埋在乱发中。从身形样貌和服饰上看，特别像那个汉人张三。她走到近处，围着囚车转了一圈，想仔细辨认清楚。这时，囚车内的张骞突然睁开了眼睛，猝不及防的贺兰姑娘吓了一跳。

贺兰诺敏确认囚车里的犯人就是汉人张三，便急匆匆地跑到义渠敦的帐中准备向表哥索要。

贺兰姑娘刚一进大帐便听到表哥义渠敦与铁弗兰商议如何对付张骞。

义渠敦说：

"这个张骞，还真有把硬骨头。再这么晒下去，恐怕他小命不保了。我看把这小子给我表妹为奴吧。"

铁弗兰进言：

"将军，放虎归山，后患无穷啊。"

义渠敦摇头：

"哎，不足为虑，不足为虑。你们不知，当年我驰骋疆场，一次遭遇汉军围困，是姑姑和姑父拼死杀敌才救下了我。而姑姑、姑父二人被乱箭射杀。我义渠敦发誓，从那日起一定要照顾好表妹敏儿。她要的一切，我这做哥哥的都要满足。何况大单于也说了把张骞交给我处置，我看来硬的根本不行。他这倔强性格根本不吃这一套，不如试一试软的。"

铁弗兰连连摇头，却也无法改变义渠敦的决定。

贺兰诺敏开心地走了进来，开口对义渠敦说：

"表哥，既然你已经决定了，那我这就把张……张什么三带走了。"

囚车门打开了，须卜禄拖出被折磨得奄奄一息的张骞，把他交给了贺兰诺敏。贺兰诺敏搀扶着张骞，向自己的毡房走去。那根节杖依然紧握在张骞的手中！

"这个人可真够怪的，还真的是人在杖在啊！这汉人怎么这般执拗？"

贺兰诺敏把张骞接到家中，先是命人替张骞擦拭掉身上的血迹，然后找来一位懂医术的人为张骞疗伤；又亲手熬了一锅马奶给张骞补充体力。不到几日的工夫，张骞的伤势便完全好转，脸上的气色也好了起来。

贺兰诺敏见张骞的伤已养好，便马上换了一种态度。她每天指使张骞干这干那，张骞稍有不从的意思，便要接受体罚，否则就不让睡觉。

张骞除了每天放羊、割牧草、清理牲畜圈、担水，还要照看许多牲畜。因为他是贺兰家的奴隶，就要做这些繁重的活计。可即便是这样，张骞依然执拗着。比如贺兰诺敏总是让张骞在干活儿的时候放下手中的节杖，张骞偏偏不听，依然还是那句话："人在杖在。"

越是不给看，贺兰诺敏越是好奇。她总是找机会捉弄张骞。有一次，趁深夜张骞熟睡之际，贺兰诺敏摸到张骞的身边，试图把节杖偷走。可是张骞一翻身把节杖死死地压在了身下，任贺兰诺敏怎么努力都无法把节杖拔出。

这一天，天气晴朗，蓝蓝的天空一丝云彩都没有。绿绿的草原一望无际，偶有一丝风轻轻吹送，让人感受到无比的惬意。张骞在草场上牧羊，他手持节杖望着大汉的方向出神。

贺兰诺敏带着丫鬟猛娣打马而来，她们在草原上驰骋，吸引了张骞的注意。张骞的眼前映出了素阳一身红装的模样，他不禁动情地高声吟咏起来：

关关雎鸠，在河之洲。

窈窕淑女，君子好逑。

参差荇菜，左右流之。

窈窕淑女，寤寐求之。

贺兰诺敏被山坡上牧羊的张骞的声音吸引，勒紧马缰绳。
"这个张三好生奇怪，一个人疯疯癫癫地哼唱什么？"
略懂几句汉话的丫鬟猛娣回答：

"好像是很下流的话，好像是怀念什么人……小姐，我看他倒是不敢再惹恼小姐了，小姐想出的不许睡觉的惩罚果是奏效。那汉奴服服帖帖的了。"

贺兰诺敏看着吟诵的张骞，说了句：

"未必，我看他是固执之心不死。这个人身上有一种难得的精神……"

贺兰诺敏注视着远方的张骞，陷入沉思。

猛娣打趣：

"小姐，莫非你心里住下了这个男人？"

贺兰诺敏一惊：

"住嘴，你胡说什么？他是汉人，我是匈奴人。自古以来势不两立……"

猛娣笑吟吟地看着贺兰诺敏：

"非也，小姐，你别忘了，那大汉也曾经派公主和亲啊。既然大汉的女儿家能嫁匈奴人，那匈奴的姑娘为什么不能跟汉人通婚？"

猛娣的话叫贺兰诺敏脸上飞起一片彤云。

两个人打马来到张骞面前，张骞依然沉醉在诗歌的吟咏之中。张骞见二人立马看着他，回过神来，向贺兰诺敏作揖：

"汉使张骞，见过贺兰小姐。"

猛娣吓唬他：

"大胆张三，为何不跪？"

张骞正色道：

"我堂堂大汉使臣，岂能随便跪拜？单于见我，都得以礼相待。"

贺兰诺敏一声娇喝：

"张三啊张三，不给你点颜色，你是不知道本姑娘的厉害。猛娣，把他的节杖拿来。"

张骞护着节杖：

"小姐，我是张骞并非张三，你还是好好学学汉语吧。"

"你，你敢取笑我。猛娣，抢他的节杖，看那玩意儿有什么玄机。"

张骞护着节杖，猛娣抢夺不过来。几个随从即刻拍马赶到，加入到抢夺节杖的行列中。张骞不敌，节杖到了贺兰诺敏手里，张骞疯了一样扑向贺兰诺敏。贺兰诺敏的战马受惊，马冲了出去。贺兰诺敏控制不住，在众人的惊呼声中被摔下马来。

猛娣气急败坏地指着张骞的鼻子喊道：

"你个汉奴，竟敢冒犯小姐，有你的好果子吃！"

张骞也觉得过分，上前搀扶贺兰诺敏。贺兰躺在地上，一副委屈的表情，她眼睛里都流出了眼泪：

"你个呆子，就不会变通一下，这样死命对抗下去，你是永远都走不出草原的。你张三……不，你张骞只有这一条命，你要是死了，我该怎么办？"

贺兰诺敏的这番话，说出了一个匈奴女孩的心里话。这也让张骞恍然大悟，他猛然醒悟，反复咀嚼着贺兰诺敏的话。眼前这个美丽的匈奴女孩，竟然说出了他张骞想都没想过的道理，这让张骞对贺兰诺敏也有了新的认识。

一旁愤怒的猛娣和随从听贺兰诺敏这么大胆地表白，也不知道该怎么处置张骞了。

不知过了多久，甘父苏醒过来，却发现自己躺在一个温暖的毡房之内。毡房里飘着奶香，还有浓烈的煮羊肉的味道。甘父挣扎着想要坐起，却感到一阵刺痛，见自己的胳膊和脖子都被包扎上了。让甘父诧异的是，不远处的毛毡上坐着铁弗兰。

原来是铁弗兰把他从草原上救了回来。甘父的宽宏大量打动了铁弗兰，她决心要救这个英雄一命。甘父执意要离开，铁弗兰苦苦相劝，并答应甘父待他养好伤便送他离开。

几个月后，在铁弗兰的精心照料下，甘父痊愈了。这一天，两人在帐外散步，找了一处空地歇息，甘父和铁弗兰相背而坐。

铁弗兰主动打破宁静：

"我知道你不能原谅我。"

甘父淡然一笑说：

"你既然恨我，又何必救我？"

铁弗兰回答：

"迷途的羔羊，需要一条明亮的道路。悔恨的人，需要得到谅解。"

甘父又问：

"你既已知错，那告诉我张骞何在？"

铁弗兰犹豫地说：

"这个……"

甘父追问：

"怎么？你有难言之隐？"

铁弗兰咬咬牙说：

"张骞在贺兰部落为奴，他已经归顺匈奴。"

甘父看了一眼铁弗兰。铁弗兰面无表情地说：

"我知道留不住你，战马和干粮都准备好了。等你彻底好转，我不阻拦你。一路往西，星夜兼程，两日可到。"

铁弗兰向甘父丢过去马刀和弓箭。甘父低头一看，正是周莽输给自己的弓箭。

4. 矢志不移

在幽禁匈奴的日子里，张骞用他广博的知识和才华，为贺兰部落带去了汉家文化。他教贺兰诺敏诵读《诗经》，学习汉语。贺兰诺敏教他匈奴语。在张骞的传授下，贺兰诺敏的学习热情越来越浓。而张骞靠着自己的好学和天赋俨然成了一个匈奴通。

　　这一切都被负责监视张骞的义渠敦汇报给了军臣单于。单于大喜，重赏了义渠敦。

　　时光流逝，转眼张骞离开大汉已经一年多了。

　　张骞一个人坐在清冷的帐篷内，在绢帛上写着什么。丫鬟猛娣煮了一大碗牦牛肉端到张骞面前。张骞腾出一只手，用手撕肉往嘴里送，另一只手仍然在不停地写着。

　　猛娣抢白道：

　　"唉，这哪是奴仆的待遇，比老爷都享福！"

　　一旁的贺兰诺敏扑哧一声笑了，她提醒专注的张骞：

　　"张骞，一会儿吃到墨了。"

　　果然，张骞拿肉的手已经伸向了墨碗，正欲往嘴里塞。

　　两人四目相对，会心一笑。

　　甘父一身黑衣从帐外闪入，见此情景，不容分说拉过张骞便是一拳，张骞被打得愣在了那里。他没有想到会是甘父！

　　张骞诧异地问询：

　　"义弟，真的是你吗？难道你没有死？"

　　只听甘父哼了一声：

　　"此间乐，不思过往；此间乐，不念旧情。张骞，我算看错你了！"

　　"义弟，真的是你！你还活着。"

　　张骞喜出望外，赶忙走上前去拉住甘父的胳膊。

甘父不屑地回答：

"你是不是盼着我死！我死了就没有人再目睹你这不仁不义之事了。快放开我，谁是你的义弟？"

甘父的举动把贺兰诺敏吓住了，她正要高声喊人，却被张骞制止。张骞拉过甘父，急急地往帐外走。

"你想干什么？"

甘父怒气冲冲。

张骞举起手中的节杖，向甘父示意。

张骞低声说：

"义弟，苍天可鉴，张骞未忘初心！张骞在此起誓，如若违约，天打雷劈！"

张骞说完便握紧节杖跪地不起。甘父慢慢走到张骞跟前，半信半疑。

贺兰诺敏也跑出帐外用匈奴话与甘父沟通：

"甘父大哥，草原之神在上，我给张骞做证。他是你的好兄弟，是我一直不叫他走！求你，要杀张骞，就先杀了我吧！"

甘父看看贺兰又看看张骞，知道自己错怪了张骞。兄弟二人抱头痛哭。

甘父回到铁弗兰的领地，铁弗兰正在带领兵士操练。

铁弗兰问甘父：

"可杀了张骞？"

甘父摇头。

铁弗兰继续追问：

"以后你有什么打算？"

甘父再次摇头。

"义渠敦凯旋，我去找他说明真相，帮你求情，免除世代为奴。"铁弗兰试探。

甘父还是面无表情地回答：

"不劳费心……"

说完便径直走进帐篷。

草原的夜，宁静安详，偶有狗吠或者狼嚎，也不过是几声而已，转眼就销声匿迹。甘父在饮酒，铁弗兰一直陪伴左右。这个曾经杀人如麻的女魔头，此刻也尽显了女儿的妩媚和温柔。

甘父向铁弗兰倾吐了想去贺兰部落陪伴张骞的意愿。铁弗兰知道根本无法留住这位勇猛刚毅的匈奴汉子，便出面帮助甘父以贺兰家奴的身份进入贺兰营地。

甘父又一次与张骞会合，两个人开始商议暗中寻找陈忠及出使团被俘人员的下落。又是在铁弗兰的帮助下，他们终于知道了陈大人他们的下落，他们正在距此地百余里外的草原上做奴隶喂马。

这一日，义渠敦和须卜禄带着厚礼来到贺兰家。贺兰诺敏刚把他们让进毡房，便见须卜禄单膝跪地，递上礼盒。

贺兰诺敏被须卜禄的举动吓了一跳，转身问道：

"你……你这是为何？表兄，你们这是……"

须卜禄上前一步道：

"鸟美美的是羽毛，人美美的是心灵。贺兰姑娘，须卜禄对天发誓，山泉的泉眼堵不死，爱情的火焰扑不灭。须卜禄心仪贺兰姑娘已久，嫁给我吧！"

贺兰诺敏瞬间愣住了，她被眼前突如其来的情景弄得手足无措，不知道应该怎么回答。

这时，义渠敦也在旁边帮腔：

"敏儿，须卜禄是我的爱将，一表人才，出身望族，又备了厚礼。你们真是郎才女貌，天造地设的一双。看你女儿家羞涩，为兄就替你应承了这门亲事。"

须卜禄连连向义渠敦行礼：

"谢大将军成全！"

贺兰诺敏不知所措，身边的丫鬟猛娣轻声咳嗽提醒。贺兰诺敏才如梦方醒。她狠狠心，把礼盒推了回去，可是看着表兄的眼神，又犹豫着收了回来。

须卜禄高兴地说：

"爱情可以叫弱者变得勇敢，可以叫勇士变得智慧。择日迎娶贺兰姑娘，那是须卜禄三生有幸！再谢大将军，哦，再谢表兄！"

贺兰诺敏有点回不过神来，猛娣急得跺脚说：

"小姐，当断不断，必有后患。这礼盒你若收下，那汉奴张骞怎么办?"

　　贺兰诺敏终于鼓足勇气,她趁义渠敦和须卜禄翻身上马之际,撩开帐帘,把礼盒退还到须卜禄的手中,转身跑回帐内。

　　贺兰的拒绝让须卜禄恼羞成怒。他怎么想也想不明白,贺兰的心中到底装着谁? 难道是那个汉人张骞?

　　而在张骞的心中始终不忘出使的使命,他一直在寻找逃出去的机会。每次跟随贺兰诺敏出去打猎,他都要默记当地的山川河流、兵力部署和风土人情。

　　这一切,都没有逃过被贺兰诺敏拒之门外的须卜禄的眼睛。须卜禄对张骞早就有所戒备,特别是他猜到贺兰喜欢这个汉人之后,便买通了贺兰诺敏的家仆,不断地为他收集有关张骞、甘父和贺兰诺敏的情报。当他把张骞可疑的行踪报告给义渠敦时,义渠敦勃然大怒,并命令即刻追杀张骞。

　　甘父从铁弗兰那里得到情报,就火速赶回贺兰营地,与张骞商议如何应对。情况非常危急,逃是逃不出匈奴大军的追捕的,硬拼也不是办法,张骞和甘父虽然武功不低,但好汉架不住群狼,到头来还是难逃被斩杀的命运。

　　这时,贺兰诺敏含羞地说出一个对策,那就是两个人马上成亲。只要成亲,张骞就是匈奴人的女婿,一家人是不能互相残杀的。贺兰诺敏还许诺说,如果张骞心里没有贺兰诺敏,这个婚事就不算数,躲过杀身之祸后张骞自可离开,她绝不干涉。

张骞被贺兰诺敏的真诚所感动，他知道自己也已经爱上了这个善良真挚的匈奴女孩。当须卜禄带领兵马气势汹汹地赶到贺兰营地的时候，看到了张灯结彩的喜庆场面。张骞和贺兰诺敏已入了洞房。当认为有诈的须卜禄气势汹汹地闯入时，看到相拥而眠的夫妻二人，须卜禄气得一口鲜血喷出，摔倒在地。

闻讯而来的义渠敦见状哈哈大笑：

"来人，扶我的爱将须卜禄回营调养。没事了，告诉敏儿，改天到为兄那儿去讨赏！嫁了有情郎，我这当兄长的也该陪送些礼品才是。这可真是一举两得，我妹妹找到了如意郎君，我又完成了单于交给的任务。这张骞算是不能跑了，不过……就是有点委屈了我的爱将。"

兵士们抬走气昏过去的须卜禄，张骞和甘父长吁了一口气。军臣单于得知张骞娶了贺兰诺敏为妻，也大悦。他吩咐义渠敦备重礼，为张骞和贺兰贺喜。

张骞与贺兰诺敏正式结为夫妻，二人恩爱有加，在草原上过上了幸福甜蜜的日子。

这一年，草原的冬天来得早，几场大风便把草场刮成了苍凉的旷野。张骞和甘父在不停地忙碌着，贺兰诺敏带着身孕也跟在后面。张骞小心翼翼地呵护着妻子，让她赶快进帐中取暖。

帐外的雪不停地下着，贺兰诺敏在给张骞缝补衣服，不小心扎了手。张骞进门看见，赶紧用嘴含住贺兰诺敏的手指，责备着：

"怎么不小心点？"

汉人的新年到了，张骞站在帐外望着一片白茫茫的原野，握紧手中的节杖，向长安方向深深跪拜。随着婴儿的一声啼哭，张骞站了起来，他和等候在外面的甘父一起高兴地跳着。

丫鬟猛婳从帐篷里出来，大声叫着：

"恭喜，小姐生了个大胖小子！"

张骞和甘父欢呼着。

摇篮里，婴儿在酣睡。张骞夫妻二人牵手相拥。

贺兰诺敏深情地看着张骞，目光里含着温情：

"郎君，给儿子取个汉名吧。"

张骞沉吟片刻慢慢地说：

"就叫张斯翰吧！"

贺兰诺敏追问道：

"张斯翰——张骞思念大汉？"

张骞点了点头。

贺兰诺敏嗔怒：

"好啊，你还是想走。"

说完便用拳头捶打着张骞的肩膀，儿子张斯翰哇的一声哭起来。

5.逃出牢笼

岁月荏苒，白驹过隙。

转眼间，张骞离开长安已经到了第十个年头。

岁月的年轮染白了张骞的鬓发，他下颌上也添了胡须。本来白净的脸经过大漠十年的风吹日晒，也沧桑了不少。张骞一身胡人装束，但依然会在每天空闲的时候，拿起笔在帛书上写着记着。贺兰诺敏也从一个俏丽外向的少女变成了一个温柔持重的中年妇人。在她的眼眸中更多流露的是对丈夫和儿子的温情。

张骞手中的节杖已经磨得发亮。儿子六岁了，他已经可以独立地完成一些简单的劳动，帮父亲放牧牛羊，帮母亲生火。

水草丰美的季节，草原上开着五颜六色的花儿，牛羊和马儿在低头吃草。小斯翰和父亲共骑一匹马，母亲骑着另外一匹，三人一起在草场放牧。绿油油的草场一眼望不到边，湛蓝的天空几朵洁白的云彩悄然而过，一只苍鹰在空中不停地盘旋，满地的金莲花黄得令人心醉。

一家三口下了马，坐在草地上，贺兰诺敏一边逗弄着小斯翰，一边欣赏着草原的美景。张骞却是无心欣赏，他的思绪又飘到了远方。

张斯翰对爹爹说：

"爹，再给我和娘亲唱一曲吧。"

张骞点头，爱怜地抚摸儿子的头，拥紧爱妻，开口唱起来：

> 陟彼岵兮，瞻望父兮。父曰：嗟！予子行役，夙夜无已。上慎旃哉，犹来！无止！

> 陟彼屺兮，瞻望母兮。母曰：嗟！予季行役，夙夜无寐。上慎旃哉，犹来！无弃！

> 陟彼冈兮，瞻望兄兮。兄曰：嗟！予弟行役，夙夜必偕。上慎旃哉，犹来！无死！

> ——《诗经·国风·魏风·陟岵》

贺兰诺敏和儿子张斯翰一直在静静地听张骞吟唱，他们虽然不能完全听得懂唱词的意思，但是贺兰诺敏却能从歌声中听出丈夫那淡淡的离愁。

张斯翰扬起天真的小脸，问张骞：

"爹，您能给我讲讲唱的什么吗？"

张骞点头：

"好，爹在唱：登临葱茏山冈上，远远把我爹爹望。似闻我爹对我说，我的儿啊行役忙，早晚不停真紧张。可要当心身体呀，归来莫要留远方。登临荒芜山冈上，远远把我妈妈望。似闻我妈对我道，我的小儿行役忙，没日没夜睡不香。可要当心身体呀，归来莫要将娘忘。登临那座山冈上，远远把我哥哥望。似闻我哥对我讲，我的兄弟行役忙，白天黑夜一个样。可要当心身体呀，归来莫要死他乡……"

　　张骞讲述着，眼泪夺眶而出。张斯翰懂事地帮助爹爹擦拭脸上的泪滴。

　　"爹，远方有你的爹娘和家吗？"

　　张骞点头，拥紧了儿子。

　　贺兰诺敏看着丈夫动情的样子，叹息道：

　　"敏儿这几日发现郎君魂不守舍，一定是有心事。"

　　"敏儿，是你多想了。"张骞敷衍着贺兰。

　　"撒谎！你每天都在帛书上记着画着，分明就是在寻找出去的机会。我与你生活已近十载，并且已经有了翰儿，我们母子难道还留不住你一颗不安分的心吗？"

　　贺兰诺敏激动起来，眼中含着泪，一把搂过儿子：

　　"要走，就带上我和斯翰，我们一起走！我生是你的人，死也为你汉家的鬼。"

　　张骞无语。

　　贺兰诺敏继续说：

　　"这十年间，张郎深思竭虑，备受煎熬，敏儿全都看在眼里。既然无法留住你的心，留住你的人又有何用？你是不是想趁龙城集会……"

　　张骞呼地从地上站了起来：

　　"敏儿，你既已猜透为夫的打算，骞也不再瞒你。这几天我已经和其余的使团成员联系了，陈大人年迈多病，恐怕经不起旅途颠簸。可是龙城集会是个千载难逢的机会，不抓住恐怕再无良机。"

"那甘父呢？他可愿意与你同行？自从斯翰出生，甘父便离开了贺兰家，他现在应该已经重新做起了匈奴人，他会愿意帮助你吗？如果没有他的协助，恐怕我们难以逃脱。"

"义弟本是匈奴人，这里才是他的家，我不能勉强他跟着我走。但张骞初心不改，使命在肩。这十年生活，承蒙敏儿关爱，骞念念不忘敏儿深情。但大丈夫一诺千金，要言而有信！"

贺兰诺敏对张骞说：

"敏儿已知郎君心意无法更改。敏儿愿与郎君生死同心，永不分离！"

张骞回答：

"只怕此去西域凶险，恐连累夫人和斯翰。"

贺兰诺敏恍然大悟：

"原来郎君不是要回中原，是要去西域。那就好办了，我们可以佯装西行放牧，去找更加肥美的牧场。这样正好可以麻痹他们的监视，我们伺机行事，张郎以为可好？"

张骞望着伶俐可人的妻子，连连点着头。

已经在铁弗兰帐下安顿的甘父，和张骞一样，也没有忘记初心使命。在与张骞经历了无数生死考验之后，甘父的心中也生出一种使命感。

　　甘父找齐出使团的剩余成员，把他们召集到一处，对他们说：

　　"张大人捎话过来，要我们趁着大单于在和硕柴达木湖祭祀祖先和神灵时，连夜逃离铁弗兰部落，与张大人夫妇会合。张大人还说，大家忍辱负重了十载光阴，早已融入匈奴，愿意留下的，张大人绝不勉强。"

　　甘父看着孱弱的陈忠大人：

　　"陈大人，您老体力不支，恐难同行……"

　　陈忠颤巍巍地起身对甘父说道：

　　"老朽还没老到在这里等死的地步，就是死我也要死在去西域的路上。"

　　甘父和众人被深深地感动了，陈忠的一席话更增添了众人的信心，大家纷纷表示愿一起跟随张骞继续西行。

　　甘父说：

　　"大家做好准备，带上干粮和衣物，再备上马匹。但须格外谨慎，千万不要出错。"

　　张骞和甘父他们一切准备就绪，使团成员也先后逃离了铁弗兰的管辖，在距贺兰部落以西百里之外等候与张骞他们会合。

　　入夜，在贺兰诺敏大帐内，张骞一家三口穿戴整齐，就连张斯翰的腰间都佩戴着小弓箭。张骞俯下身子替斯翰整了整腰带，轻声问：

　　"儿子，怕吗?"

小斯翰拍了拍自己的胸，很认真地回答：

"爹，斯翰不怕！娘常说，驰骋的马，能走遍草原；努力的人，能实现志愿！"

张骞点点头，这时丫鬟猛娣进来禀报：

"小姐，已经备好精锐三十余人，都是自己人，万无一失！"

张骞一声令下：

"出发！"

一行人便赶着牲畜，带着放牧的物资，一路向西，但走出没多远就遇到正在巡查的须卜禄部下的阻拦。

匈奴兵士觉得可疑，上前询问：

"这么多人深夜出行，你们去往何处？"

贺兰诺敏大声呵斥着盘查的兵士：

"我去哪里还用得着你们管吗？草原人行走草原，哪里有牧草哪里就是家。"

兵士依然不依不饶：

"我们是奉须卜禄将军的命令……"

贺兰诺敏一听须卜禄这三个字，便冷笑一声：

"这是我贺兰部落，不是他须卜禄的地盘，尔等让开。"

兵士正在犹豫之际，只见猛娣突然打马冲杀过来，用刀砍倒了两个兵士，然后对贺兰诺敏说：

"小姐，跟他们废什么话，赶路要紧！"

贺兰诺敏大惊，没想到跟在自己身边这么多年的丫头，居然如此生猛。她这一看，猛娣更来劲儿了，她又给了贺兰诺敏一句：

"小姐，我看你呀嘴巴像刀，关键时候心太软。"

说完，便打马狂奔而去。贺兰诺敏也不甘示弱，紧追不舍，一边追一边喊：

"好你个贼丫头，不服管了是不?"

张骞看罢，也笑了起来，带着小斯翰以及随行的几十人扬长而去。一行人一口气跑了百余里，终于遇到了甘父和使团成员的马队，他们终于会集一处。

张骞命令大家稍作休息。谁料，还没等众人下马，只听得马蹄声、喊杀声响成一片。须卜禄的追兵已经近在眼前。双方立即战成一团，须卜禄直奔张骞而来，上来就是一刀，出手非常凶狠。贺兰诺敏催马而至，夫妻二人一同抵挡着须卜禄的进攻。看到贺兰诺敏的加入，须卜禄更是恼羞成怒，他的牙齿咬得咔咔直响，恶狠狠地劈刀而下。正在这时，只听到一声呼哨，甘父带人赶到，从匈奴兵将后面杀了过来。

战斗变得惨烈起来。猛娣奋力拼杀，但还是体力不支，在挥刀砍翻几个匈奴兵士后便气喘吁吁地伏在马上喘不过气来。小斯翰也参加了战斗，他用甘父叔叔给他做的小弓箭射击偷袭猛娣姨姨的匈奴兵士，可非但没射死对方，还惹恼了那个匈奴兵士。兵士挥刀追杀小斯翰，贺兰诺敏奋力抵住匈奴兵士砍下来的大刀。

张骞正在力战须卜禄，须卜禄越战越勇，跃马赶到的甘父和张骞联手，二人一起对战须卜禄。有了甘父的助战，须卜禄有些狼狈。

张骞一行人，强行突围，陈忠大人因体力不支，落了了队伍的后面。甘父回去搭救，陈忠已被匈奴兵将放出的冷箭所伤，摔落马下。甘父来不及救下陈忠，眼看着陈忠被匈奴铁骑踩踏而死。

张骞目睹此情景，悲伤难掩，泪洒战场。

甘父无奈，欲杀出一条血路，可刚刚冲出重围，就被义渠敦率领的援军阻断了去路。原来是被须卜禄安插在贺兰诺敏手下的奸细出卖，一路上留下线索，这才引来须卜禄和义渠敦。

甘父与匈奴兵将拼杀时，突然在队伍中看到了铁弗兰。铁弗兰驱马横在甘父对面，抽刀，抵在了甘父的脖子上。甘父没有躲闪，两个人对峙着。甘父身后的匈奴兵将趁机偷袭甘父，一刀刺在了甘父后肋上，没等甘父抵抗，铁弗兰回首一刀将那个兵士劈到马下。铁弗兰用刀往甘父马屁股上一刺，战马一跃而起，嘶鸣着向前冲去。铁弗兰护着甘父一阵激杀，终于冲出重围。甘父已经无法控制自己的战马，马一路狂奔而下。铁弗兰冲着甘父的背影微微一笑，她转身杀回匈奴阵营，被一顿乱刀击中，栽倒在马下。

贺兰诺敏回头望了望紧追不舍的匈奴兵，又看看张骞众人，对张骞说：

"郎君，你带着你的人先走吧，我和儿子带着牲畜走另外一条路，这样能拖住匈奴兵士的追赶，否则我们一个都走不成。我是匈奴人，你放心，表哥他们不会把我怎么样。"

张骞看着自己贤良的妻子，又亲了亲儿子，心如刀绞。可是为了几十条生命的安全，为了自己未完成的使命，张骞别无选择。

就这样，贺兰诺敏带着小斯翰，赶着成群的牲畜还有部分随从走了另外一条路，张骞和甘父等人才摆脱了匈奴兵将的追杀。

身后的马嘶声渐渐远了，而张骞仰面朝天，悲伤难抑！

第五章

汗血宝马

1.沉稳拒敌

贺兰诺敏带着儿子小斯翰以及部落的牛羊牲畜走上了另一条路，果然吸引了追赶的匈奴大军。义渠敦率领的匈奴铁骑追上队伍，却没有发现张骞和甘父的身影。义渠敦知道中计，可是看着表妹贺兰诺敏，也是无奈，便命令兵将押着贺兰诺敏和小斯翰返回河西。

趁着夜色，被匈奴幽禁十年的张骞，带着出使团所剩余部终于逃离了匈奴所控制的领地。一行人，带着未完成的使命，继续前往大月氏国。

张骞一行人行进在葱岭茫茫的山间。这时，天空中忽然有几只鸽子匆匆掠过，甘父抬头一望，顿时警觉。他急忙操起弯弓，冲至旁边的一个小山丘上，搭弓欲射。突然脚下砂石松动，甘父差点滑倒，等他站稳身子，鸽子早已消失于茫茫天际。甘父气得直跺脚。

一旁的张骞看到，惊诧地追问：

"义弟何故惋惜？"

甘父回答：

"刚才是匈奴的飞鸽传书，想必与我们有关。我识得信鸽飞翔之音，这是匈奴最危险的信号。"

张骞安慰道：

"义弟莫要多虑，我自揭皇榜那天，就已经做好准备迎接各种危难与艰辛，早已将生死置之度外。无论遇到什么，只要我还有一口气，就绝不会停止西行。该来的终究会来，我们只要准备迎接便是。"

甘父看着张骞坚毅的表情，连连点头。

张骞等人行至匈奴地域最北端，看天色将晚，便准备就地宿营。一天的鞍马劳顿，让大家身心疲惫，终于可以喘口气好好歇息歇息。

使团成员侯宇迟是周莽手下的兵士，十年前他还是个刚成年的毛头小伙子。匈奴十年的奴隶生涯，在这个年轻的汉子脸上刻上了岁月的痕迹。此刻，他正在附近山丘上捡拾干柴，突然发现不远处开阔地上一队匈奴兵马慢慢聚拢搜索而来。侯宇迟揉揉眼睛，看清楚了，是一名匈奴副将带着一小批人马在慢慢地向使团这边移动。

侯宇迟吓得连滚带爬冲下土坡，神色慌张地报告：

"张……张……大人，大事不好了……"

一旁准备搭帐的甘父转身看着惊惶不安的侯宇迟：

"何事惊慌？"

侯宇迟急忙禀报：

"匈奴……匈奴人马追……追来了……"

张骞听罢也停下手中的活儿，惊异地问：

"匈奴人？难道匈奴兵马一直紧追不舍？"

甘父赶紧跑上了一个小土丘，向侯宇迟跑过来的方向瞭望过去。观察一阵，他走下土丘，脸色也变得凝重起来。

甘父对大家说：

"各位兄弟，匈奴百余人的兵马已在眼前。生死存亡之战，大家务必奋勇杀敌！"

出使团成员拿起武器准备战斗，张骞喊了一声：

"且慢！"

张骞也走上土丘，眺望远处的隐约可见的匈奴兵马。他摇了摇头，转过身来对甘父说：

"义弟，他们有百余人，我们只有十几人，敌众我寡。何况我们还有使命在身，不可硬拼！"

甘父回答道：

"双腿与悍马较力，逃跑徒劳！"

张骞微微一笑，立刻对侯宇迟命令道：

"传我的命令，原地休息，安营驻扎。"

甘父不解地问：

"这……兄长何意?"

张骞还是笑着对甘父说:

"义弟莫急,一会儿便知端倪。告诉大家多捡些干柴取火,你赶紧去射杀些野味,长途颠簸,大家都没好好吃过一顿饱饭。"

张骞继续对大家说:

"侯宇迟,你带三两个人躲在身后树林深处,故意弄出些声响,以吸引匈奴兵将注意。"

甘父又是一脸茫然:

"兄长,这又是为何?那匈奴兵将冲杀过来,我等必死无疑……"

张骞笑而不答。

甘父狐疑地离开了。他不知道张骞葫芦里到底卖的什么药。

汉使团成员大声喧哗着开始忙碌。

这支匈奴人马是义渠敦的胞兄义渠遂的手下。义渠敦没能追击拿获张骞,便飞鸽传书给驻扎在匈奴与大宛国边界的守将义渠遂,要哥哥协助围堵绞杀张骞人等。义渠遂便派他的副将带领人马直奔大宛国的边界截击。此时,匈奴副将勒马注视前方,看见张骞等人正围着一团篝火在说笑着,并嚼着烤熟的美味。

有兵士禀报:

"报,前方发现十余汉人,在安营休息。要不要掩杀过去?"

副将犹豫了，他自言自语着：

"明知我军压境，却没有逃的意思，真是奇怪。密切监视，谨防有诈。来人，速速禀报将军，就说他们已经被我们严密监视。"

副将得意地对手下兵士说：

"以往汉人见了我们，慌做鸟兽四处逃散。可这帮人非但不跑还大吃大喝，分明引我们自投罗网，你看他们身后的密林深处，草木晃动，一定有埋伏。汉人大多狡诈，我们要小心行事。"

匈奴兵将大笑。

深夜，出使团这边早已人静火熄，传来一阵阵鼾声。而远处的匈奴兵将一直在密切监视，士兵们困得直打哈欠。

隐藏在暗处的甘父小声对张骞说：

"兄长果然好胆识。"

张骞笑答：

"兵不厌诈，料他们不敢近前。义弟也休息一下，半夜待他们困乏，我们再悄悄行动。"

第二天，阳光从树木中间倾泻而下，照到地上睡得正酣的匈奴兵将，接到报告的义渠遂也已经赶到。他看见地上横七竖八睡觉的匈奴兵将，就上去踢醒了几个。

副将赶紧起身，纳头便拜。义渠遂追问着汉使张骞的下落。副将一副胸有成竹的样子：

"禀大将军，一切尽在掌控当中！"

义渠遂一脚将副将踹翻，副将这才发觉，不远处安睡的出使团早已经不见了踪影。只留下还未完全熄灭的火堆，正冒着烟。

义渠遂恶狠狠地命令着：

"给我追！就是追到大宛国也要拿下张骞，报今日羞辱之仇！"

2. 狭路相逢

这是一条通往边防哨卡的路，路的两边站着一排手握长矛的大宛国士兵，正严阵以待地盯着匈奴通往大宛国的边境线。

有几个被打伤的士兵，被人架着往兵营里走。一个大宛国武将，正在聆听其中一个兵士的禀报。

"将军，那匈奴人义渠遂部众刚刚过我边境，说是正在追击猎物，我们阻拦，他们却不管不顾，肆意砍杀我大宛国士兵。幸亏小的跑得快，不然小命都没了。"

"岂有此理！这匈奴人趁着势力强大，屡屡犯境。我王一再忍气吞声，以求讲和，早已答应了他们提出的条件，他们怎么还如此嚣张？这根本是拿我大宛国不当回事！"

武将气得哇哇直叫。

兵士抬头向远处张望，突然惊恐地对武将说：

"快看，他们来了！"

武将和士兵赶紧抄起武器防备。

远处，一哨队伍正朝着兵营走来，张骞手握节杖走在队伍的最前面，甘父紧随其后。

原来，张骞出使团成功地甩开了匈奴兵将，一路继续赶路。他们来到了匈奴与大宛国的边界，远远看到了大宛国的标志和营帐，便向大宛国的兵营走来。

甘父示意队伍停下。对方武将见队伍不像是义渠遂的部下，便朝着使团众人喊话：

"何人擅闯大宛边境？"

张骞持节杖前行，拱手作揖：

"诸位，我乃汉使张骞，经由此地欲往大月氏，望将军行个方便。"

武将哪里懂得他讲的汉语，便转头问旁边的兵士：

"他们在说什么？"

士兵也一脸茫然的样子：

"启禀大人，小人也听不懂。看样子，像是会巫术的外国人。"

武将小声对兵士嘟囔一句：

"那也不能被他们吓住，你们随便喊几句什么，他们胆敢再往前走，就用弓箭射之！"

士兵便朝张骞喊道：

"将军说了，那也不能被你们吓住，胆敢再往前走，就要开弓放箭了！"

甘父听罢哈哈大笑。他看了张骞一眼，赶忙接着回答：

"呔，某乃乌孙特使，前往雪山寻找雪莲花，速速闪开！"

对方听闻，一片骚动。

武将对旁边的兵士说：

"他说让开就让开啊，真不把本将军放在眼里。"

甘父在对面突然搭弓，一箭射了过来，武将头顶上的帽子被射穿。武将吓了一跳，脸色大变：

"岂有此理……雪莲花在雪山顶峰，百年难遇，如何寻得，叫他们去找吧。"

士兵见状，便朝张骞他们高喊：

"既是友邦，可以通行！"

大宛国士兵迅速让出一条路，甘父带着张骞等人顺利通过。

走了很远，张骞问甘父：

"义弟怎知他们惧怕乌孙？"

甘父答道：

"乌孙是匈奴属国，大宛恐乌孙联合匈奴进犯，心有忌惮，所以放行。"

张骞低声称赞：

"义弟真有谋略。"

甘父笑答：

"还不是跟兄长学的。"

两人说完，都哈哈大笑起来。使团队伍穿过了大宛国的边境线，很快便消失在了茫茫的戈壁中。

穿过戈壁滩，前面便是茫茫的山峦。前方无路可走，只有越过雪山，才能到达下一个山口。风雪弥漫，汉使团成员们在艰难地行走，他们相互搀扶，冒着风雪前进。不时会有人摔倒在地，张骞和甘父连忙上前扶起，抢过同伴肩膀上的行李背到自己的身上。

义渠遂也带着兵马追到了雪山脚下。他们逼迫着大宛国的兵士带路，抄近路追赶张骞。义渠遂命令队伍丢下马匹辎重，全力追赶。遇到险要处，匈奴兵将就逼着大宛国的士兵先行通过。大宛国士兵犹豫不前，义渠遂挥刀，士兵掉下悬崖，鲜血染得雪地一片殷红。后面的大宛国士兵只能硬着头皮往前走，然而脚下一滑，惨叫着跌落万丈深渊。

张骞的队伍也在艰难地行进中。突然，眼尖的侯宇迟见前面拐弯处有人影晃动。他用眼睛示意张骞，张骞停下脚步。正午的阳光倾泻一地，可是依然无法融解这冰雪的奇寒。张骞顺着侯宇迟手指的方向望去，果然看见被阳光照射投射到峭壁上的人影。他对众人挥了挥手，示意大家停下脚步，他在想着对策。

性情急躁的甘父见状，气往上涌，他摘下背上的弓箭，准备和敌人决一死战。张骞用手拉住甘父的衣袖，示意甘父住手，并低声对甘父说：

"我们历尽千难万险，不是为了御敌，是为了完成出使大月氏的使命，不能因为匈奴兵将的缠斗而走向歧途。出使团只要过了雪山，匈奴兵也就再无追击的可能。我们人单势薄，再加上长途跋涉，根本不是这些虎狼之师的对手。双方在最后时刻拼的是毅力，千万不能意气用事。"

甘父听后知道自己太武断，便低头不语。

张骞命令队伍转头，另辟蹊径。大家悄悄摸上另一侧的崖面，并用树枝扫去在雪地上留下的脚印，避开了匈奴兵将的堵截。

义渠遂的人马赶到，并未发现可疑，继续往前追去。暂时避过危险的使团队伍，忍着饥饿和寒冷，艰难地往前走。

侯宇迟走不动了，他坐在雪地上大口地喘着气。他小声对张骞说：

"你们先走，我先睡会儿，太困了。"

张骞上前拉起了他：

"不能睡！睡着了就醒不了了。快，再忍忍就到雪山峰顶了，翻过去再睡不迟。"

就这样，经过不懈的努力，使团队伍很快就到达了雪峰顶。甘父带人先去寻找下山的路，其他人在山顶稍作休息。

谁料，狡猾的义渠遂追了半天不见张骞他们的踪迹，便又派一小股兵士往回搜索。在大宛国兵士的带领下，他们顺着另一条路径也登上了雪山顶，正好与使团遭遇。

双方在雪山上狭路相逢。张骞力战义渠遂，两人拔刀相向，对峙着。义渠遂由于高原反应在用力大口呼吸，张骞见状，没有趁机偷袭，在最该下杀手的时候他手下留了情。张骞的目的不是杀戮，他不想伤害任何人。可是得以喘息的义渠遂并不买账，他出手就是杀招，步步紧逼，欲置张骞于死地。义渠遂看准机会，一个鱼跃把张骞压倒在雪地之上，用身体紧紧地控制住张骞，正举刀要砍。千钧一发之际，探路的甘父及时赶到，他迅速地从背上摘下弓箭，搭弓一箭射向义渠遂，义渠遂中箭，受伤跌落雪峰之下。

在雪峰上，张骞和甘父等使团成员与匈奴兵士一片混战，双方都有死伤。带路的大宛国士兵并不想成为匈奴的炮灰，纷纷举手投降。匈奴兵士气急，挥刀向大宛国士兵砍去，但被张骞等人拦下。被救的大宛国士兵，连连感谢张骞的相救之恩，他们被张骞的义举所打动，带领张骞找到了走出雪山的路。

回望走过的茫茫雪山路，张骞朝着长安的方向跪拜：

"圣上，臣张骞十载后再赴大月氏，不辱圣命！苍天可鉴，初心不改！望圣恩佑护我等平安！"

众人也一起在风雪中跪拜：

"望圣恩佑护我等平安！"

这声音回荡在山谷之间，嘹亮而浑厚，一群人坚毅地站起，再次踏上征程。张骞手中的节杖在白雪的映衬下分外刺眼醒目。

3.初识宝马

翻过了雪山，张骞他们终于摆脱了匈奴人的追杀。他们继续一路向西。晨光中，他们的身影被拉得好长，斜斜地映在茫茫的草原上。

突然，听得人群中有人大喊：

"张大人快看！"

张骞向远处望去，只见草原上，一群野马在奔腾，速度之快令人咂舌。

张骞不由得发出一声赞叹：

"真是好马！"

张骞等人继续往前走。行至一处陡坡，一名成员脚下一滑，旁边的张骞赶紧拉住，不想自己却滑下了山坡。顺着陡峭的山坡，张骞摔了下去，跌入陡坡下的深坑。

大家在上面不住地大喊，张骞在深坑中回答着：

"我没事。"

甘父和众人在准备藤索实施救援。深坑中的张骞觉得自己的腿被什么东西拱了一下，他低下头去，发现一匹马也深陷于此，马正在轻轻拱自己。张骞很是欣喜，用手试图去摸马头，马本能地躲避。马警惕地看着张骞，张骞转过身去，慢慢靠近马，边靠近边对马说：

"真是匹好马！莫怕，莫怕，我不会伤害你的。"

马的表情有些痛苦，张着嘴，想要发出嘶叫，可叫声却嘶哑无力。张骞慢慢摩挲着马背，马慢慢变得温顺起来。张骞用力试图把马从沙砾中拉起，马好像懂得张骞的意图，也在拼命地往上跃，可越是挣扎，陷得越深。张骞能够透过马的皮肤看到它皮下的血管。马拼命地挣扎着，从它的脖颈处渗出的液体，让它的脖颈更加鲜红。张骞以为是血，可仔细一看，却不像血般黏稠。难道这就是传说中的汗血宝马？张骞抑制不住兴奋的心情，轻轻地抚摸着眼前这匹传说中的宝马。

张骞仔细地查看马究竟伤在何处，终于在马的喉咙里找出一根尖利的木刺。他撬开马嘴，把那根木刺拿出，马发出一声欢快的嘶鸣。

大家从上面甩下藤索，在众人的帮助下，张骞和马终于从深坑中被救出。被救出的宝马丝毫没有要走的意思，用头拱着张骞的胳膊，一副亲昵的样子，好像在说：

"谢谢你的救命之恩。"

甘父感叹道：

"这马也知报恩，比人都有灵气。"

张骞也笑着对马说：

"你真是一匹有灵气的宝马，就唤你宝灵吧。"

"宝灵，宝灵！"

张骞呼喊着。说也奇怪，已经跑远的宝灵听到叫喊，居然停下脚步，向张骞张望，并长嘶一声。甘父看罢，对张骞说：

"兄长，这马跟你有缘，实在是太通人性了，你就收留了它吧。"

张骞点了点头，纵身一跃，跃上宝灵的后背，手拽着宝灵的马鬃，腿夹紧宝灵的肚子。宝灵又是一阵长嘶，载着张骞在草原上尽情驰骋。

甘父在后面使劲呼喊：

"兄长，多加小心，野马野性十足。"

可是哪里能觅得张骞的踪影，这汗血宝马的速度真的跟风一样，一转眼就消失得无影无踪了。甘父这下可急了，和众人一路狂追，跑得上气不接下气，可还是没看到张骞和宝灵的踪影。正在大家焦急的时刻，宝灵又绕着弯，跑到大家面前。

"大家快随我来，我们让宝灵带路。"

张骞在马上开心地说着。

就这样，宝灵载着张骞，后面跟着汉使团一行人，来到了大宛国的贰师城。

贰师城城内车水马龙，商客云集。众人的眼睛都不够用了，特别是侯宇迟，看看这儿，望望那儿，看哪样货物都觉得新奇。

一大串一大串的葡萄摆在摊位上，汉使团不知道是什么东西，不敢尝试吃。城里的小贩很热情，叽里咕噜地推销着。可是侯宇迟一句都听不懂。

侯宇迟为难地看着张骞：

"大人，这全是眼睛！怎么吃啊！"

张骞小心翼翼地摘下一粒葡萄放到嘴里品尝。

张骞口中满是葡萄汁，他舔了舔嘴唇，说：

"好吃。敢问店家，这是什么稀罕物？"

张骞一边比画着，一边又摘下一颗放入口中。

商贩说着难懂的语言，张骞听了半天：

"什么？扑倒（葡萄的近似音）？"

商贩点头，竖大拇指："扑倒，扑倒。"

侯宇迟更是有趣：他抓起一串葡萄就往嘴里搁，结果被葡萄枝子扎到了嘴。他差点吐甘父一身，一边吐还一边说：

"张大人，大宛真是个好地方！"

甘父也是第一次看到这么多稀罕之物。他走到卖葱的摊上，指着问道：

"这是什么？"

这时，侯宇迟走过来，抓起根胡葱，开始吃起来，他被辣得直咧嘴。

甘父又发现路边的葡萄酒商贩。

他招呼着大家：

"那是什么美味？咱们也过去尝尝鲜！"

汉使团一行人走过去，又开始品尝葡萄酒。侯宇迟正好渴了，他喝了一口，甜丝丝的，便当水一样饮了一碗。不一会儿的工夫，侯宇迟便面色潮红，软软地躺在了地上。

张骞等人行至国王宫殿之外，递上通关牒文，等候大宛国国王毋寡的召见。众人等了好久，才有兵士通知进殿。兵士们卸下大家的武器，又向张骞索要他手中的节杖。张骞拒不交出，引起了兵士的不满。

兵士不耐烦地说：

"我王有令，汉人不得佩带武器面见我王。快快解除武装，不得有违。"

"这是骞离开长安城，我朝圣上赐予的出使节杖，人在杖在。此杖关系到天子荣耀和汉家荣辱，骞无权上缴！恕难从命！"

张骞最后还是手握节杖，步伐稳健，不卑不亢地走进了王宫。

大宛国殿中众臣参拜国王毋寡。张骞率使团站在一侧立而不拜。毋寡看到张骞和甘父面无惧色的样子，便高声问道：

"哦，尔等为何不跪？"

张骞走上前去深施一礼：

"陛下，我大汉欲出使大月氏。不跪是因为受大汉天子赐予的节杖辖制，恕骞难以从命。日后回到大汉，禀明天子，两国修好，一定多送财物给陛下。"

"甚好。来人，准备美酒佳肴，款待汉使节。寡人身体有恙，失陪了。"

国王毋寡的冷漠态度，引起了甘父的不满，他正欲发作，被张骞一个眼神制止。他耐着性子坐到了宴席前，一边看着歌舞，一边喝着葡萄酒打发时间。

这时，有侍卫进来禀报说，已经为汉使准备好了住处，稍后会有人带路前往。

张骞等人谢过，便跟着侍卫七拐八拐来到了一个偏僻的村庄。村子很破败，偶能见几个老人，他们一见到汉使团的马队，便慌慌张张地避开了。村里家家户户大门紧闭，没一点人气。

张骞等人很是诧异，他们弄不懂国王为什么将他们安排到这样荒凉的住所。这里与起贰师城的热闹繁华比起来，简直是天壤之别。

4.凿井取水

由于大宛国王迟迟不下令让张骞他们通过，汉使团滞留在了大宛国的穷乡僻壤中。张骞索性每天和众人走街串巷，了解当地的风土人情、地理风俗。

他发现落脚的这个村子里很少看到年轻人的身影，就连孩童都屈指可数，留在村子里的大多是些年迈体弱的老人。而且很多迹象表明，这里曾经很繁华，但现在很多民居都人去房空，这里不缺房屋，缺的是人气。

张骞欲了解其中细节，却因语言障碍，无法和当地人沟通。他们走出村庄，去邻村探寻究竟，不想接连路过几个村庄都是这种境况。

终于，他们在回去的途中遇到一个懂汉话的大宛人，张骞上前深施一礼：

"请问这里的村庄为何只有老人？"

这个懂汉话的老者操着生硬的汉语告诉张骞：

"这里叫图都堡，因为气候干燥少雨，每年村庄里都有饿死渴死的人。村里的人们完全靠一条小河里的水活命。这里自前年开始，一滴雨都没有下过，小河也逐渐干涸。明明是天神赐予的河流，大宛官员却插手此事，由他们来统一管辖。自此，村民饮水完全由官兵分配。有的树木枯死，而再种植的植物因缺水不能成活，现在附近的村庄都已经没有水了。人们无法继续在这里生存，便迁居到别处。"

"原来是这样。"

张骞望着民不聊生的惨状，心里很着急。

这位老者叹了口气又说：

"百姓缺水，只能找巫师帮忙，这个巫师法力无边，可以作法降下甘霖。只是……"

老者话说到一半便欲言又止。

张骞追问：

"只是什么？"

"只是巫师作法须有童女献祭。巫师作法前，需要采童女之阴气……"

"一派胡言！"

张骞没等老者说完，便气得紧握着手中的节杖，回头对甘父说：

"咱们倒是应该会一会这个能通天的巫师。"

甘父应声："喏！"

张骞他们发现这个地区的居民生活不同于匈奴的游牧生活，这里的民居风格跟大汉的类似。他们缺少先进的农耕知识，信奉神灵，被巫师的装神弄鬼所迷惑，日夜祈祷，把希望寄托于上天的垂怜。

第二天一早，张骞牵着宝灵，一个人在村中闲逛。他俯身踩踩这里的泥土，又蹲下身子挖挖那里的泥土，再抬头看看远处山势的走向。他攥着一把潮湿的泥土兴奋异常，在心里默念着，并用一块有棱角的石头在地上刻画着。

回到住所，张骞又找出帛书记录着，甘父见状对张骞说：

"兄长又在想什么谋略？"

"如果大宛国王一日不放我们西行，我们就不能走出村庄，到更远的地方。这里没有水，我们早晚都得渴成干尸。何况这些村民饱受缺水之苦，深受巫师毒害。我们必须替他们找出水源。水的问题能够解决，我们的目的也就一定能够达到。离开长安之时，我曾在圣上面前立下誓言，心怀家国一抔土，不念他乡万两金。有我大汉在身后支撑，张骞定会不辱圣命！"

甘父听罢连连点头，也加入到了与张骞一同寻找水源的行列。这一日，张骞又找到那位懂汉语的老者，并把帛书记载的资料拿给老者看，向他解释从泥土的潮湿程度上看，村里地下应该会有水源，告知老者与村民商议一起掘井引水之事。

可是村里除却年迈体衰的老人之外，哪里还有主事之人？张骞索性和汉使团的众人商议凿井取水。

这个消息很快便被巫师和大宛国国王知道了。巫师便以"自古水应天上有，何来地下取之"的说法，挑唆村人驱赶张骞等人。愚昧的当地人迷信巫师的谗言，便在巫师的怂恿下，与张骞敌对。唯有那位长者相信张骞的话，他暗中找到张骞，让张骞在自己家的院子里进行勘测。经过一番勘验，张骞在老者院中捧出了一把潮湿的泥土。

国王毋寡也知道了张骞一行人所做的事，他传诏：

"不动声色，静观汉使所为。"

张骞和甘父利用在大汉所掌握的凿井技术，经过汉使团成员的共同努力，终于开凿出第一口井，并打出了清澈甘甜的井水。望着喷涌而出的地下水，激动的老者颤巍巍地跪拜在张骞面前，他泪流满面地对张骞说：

"恩人啊，这可是救命之水啊。"

大宛村民知道了井中出水的事，都以为是神灵降临，纷纷赶来伏地跪拜。

张骞趁机告诉大家：

"乡亲们，这水是靠凿井技术取之。我来教大家凿井技术，以后大家不要再轻信那些骗人的把戏了。从此以后，那些背井离乡的年轻人也可以搬回来，大家可以享受天伦之乐了。"

张骞的一席话，令村民们动容。大家纷纷拽着汉使团成员的衣袖，将他们往自己的院中拉，要他们帮忙凿井取水。巫师的巫术被揭穿后，便灰溜溜地逃走了。

张骞凿井取水的事迹很快便在附近的十里八村中传开了，有更多的人前来请教张骞凿井技术。张骞把稍微年轻一些的村民集中起来，向大家毫无保留地传授凿井技术。就这样，在张骞的帮助下，附近一些村的村民也都成功地凿出井水来。张骞等人被奉为神明，他们走到哪里，村民们便簇拥到哪里。

大宛国王听了侍卫的禀报，也惊诧不已。

"这个汉使真不简单!"

国王心事重重，原来他对张骞的冷漠态度事出有因。义渠遂在追杀张骞之时，已经向大宛国王递交了信函，信里面口气非常强硬，要毋寡务必配合匈奴捉拿汉使张骞，如果张骞从大宛国逃脱，匈奴单于一定会派大军铁骑踏平大宛。忌惮于匈奴势力，毋寡才不敢善待张骞。此时，当张骞帮助图都堡附近的村民找寻到了水源，帮助他们解决了饮水问题后，毋寡再也无法不动声色了。

他打算亲自来村庄见张骞。

5.逃离王城

张骞帮助图都堡附近村民凿出井水之事被传得沸沸扬扬。大宛国王得知此事后，也异常高兴。图都堡干旱缺水一事，一直让国王头疼。毋寡觉得此事非同小可，一定要来一趟图都堡，当面向张骞表示感谢。

这一日，张骞正在老者家中与村民们商议在村前村后种植植被的事宜。

侯宇迟兴冲冲地跑了进来:

"张大人！大宛国王驾到，他一定是给我们送通关牒文来了。"

张骞正准备起身迎接，大宛国王已经率众径直走进老者院中。村民们见到国王亲自驾临，便齐刷刷地跪倒一片。张骞和甘父向毋寡深施一礼：

"汉使张骞拜见国王陛下。"

毋寡满面含笑，笑盈盈地走上前，用手搀扶起张骞：

"张大人，请先受寡人一拜！"

张骞见状急忙伸手拦住毋寡：

"陛下，这如何使得。张骞何德何能，哪里受得起陛下如此大礼。"

毋寡的态度与从前判若两人，他叹了口气对张骞说：

"唉，听闻汉使大人神通广大，现在所见果然不虚。这是寡人代表大宛百姓拜的。"

毋寡说完，真的躬身向张骞作了三个揖。张骞赶忙将其扶起。

毋寡关切地问张骞：

"张大人一路风尘，想必在此早已经休息好了。"

甘父见状，不知道这毋寡葫芦里到底卖的什么药，便抢先一步回答：

"陛下，这哪里是休息，分明就是软禁！"

张骞给甘父使了个眼色，示意他不得无礼。毋寡极为尴尬，轻轻地叹了一口气。

张骞正色说道：

"我等此番出使，目的地是大月氏。还望陛下早日安排我们离开。"

毋寡面带愧色，干笑了两声说：

"真是惭愧，惭愧啊。汉使大人一番话，令寡人汗颜。寡人亲自相迎，略备薄酒，以表达谢意。诸位汉使大人，就是不念寡人薄面，也要接受大宛百姓的一片盛情。"

张骞犹豫了：

"这……"

甘父又一句抢白：

"陛下快将通关牒文给予我们便是。"

毋寡回答：

"那通关牒文，寡人是一定要给的，这个请张大人放心。寡人只是真诚相邀诸位，为你们庆功。"

张骞不动声色地看着这一切，他脑子飞快地转着。也罢，回去看看毋寡到底要做什么。

张骞点了点头，便吩咐让大家准备准备，马上出发。

村民们听说张骞他们要走，纷纷上前挽留。他们舍不得这位救命恩人，各自拿出最珍贵的物件，送给张骞，以表达谢意。张骞见推脱不过，将老百姓送来的稀罕植物的种子随身带走。

临别之时，张骞特意叮嘱老者，一定要召集大家在房前屋后多植一些树，以预防水土流失。只有环境好了，才会有源源不断的水源。老者频频点头，眼睛里充盈着感激的泪水。

就这样，张骞等人告别了图都堡的众位乡亲，跟随大宛国王毋寡一起，回到了都城。

毋寡让张骞与自己一同骑马并行。这一路，闻讯而来的附近的老百姓纷纷走上街头，欢送张骞。毋寡看到此情此景，心头大为震动，对张骞说：

"张大人，你看我大宛百姓多么拥戴你，留下来为我所用，教给大家更多的技能，协助我治理大宛国，造福黎民苍生，如何？"

张骞对毋寡拱拱手：

"陛下心意骞收下，陛下抬爱骞感知。只是骞还有使命在身，完不成使命，骞无法安心。"

毋寡深深地点了点头，羡慕地对张骞说：

"大汉有张大人这样的良将，何愁不兴盛？"

张骞笑了笑，又对毋寡说：

"陛下，骞有一事相求，能否送我一些树种秧苗？骞是种田人出身，在大宛看到很多新奇之物，想带上一些回大汉送与父母作为礼物。"

毋寡听罢哈哈大笑起来：

"寡人以为张大人出口要什么贵重礼物呢？原来只是区区种

子秧苗。这有何难，张大人要多少？我驱车送之。"

张骞也笑了：

"哪里用陛下驱车，三五颗足矣。"

两人一路有说有笑地到达了都城。

王宫里早已备好了奢华的筵席。张骞一行人等被请为上座。毋寡没有请众多大臣相陪，只是找来几位文官。席间，他们向张骞请教了不少大汉的农耕技术，张骞都一一作答。

众人正在饮酒狂欢，突然有侍卫呈上一封书信，毋寡身旁的侍卫接过信件，打开细读。他小心翼翼地走到毋寡身边，躬身向毋寡耳语着。眼看着毋寡的脸色变得愈加凝重。

这些丝毫没有逃过张骞的眼睛，他仔细观察着，隐隐地感觉这大宛国王好像有什么事情隐瞒。而且这事情一定跟自己有关。

张骞趁大家斟酒聊天之际，贴近毋寡，小声问道：

"陛下，是不是我们的到来，给陛下添了很多麻烦？"

毋寡惊异地看了张骞一眼，这一眼让张骞更加肯定一定有事，张骞问道：

"陛下，刚才的书信一定是跟我们有关吧？骞不想让陛下为难，既然落到陛下之手，去留自然凭陛下定夺。"

毋寡叹了口气，对张骞道：

"是乌孙王的信函，他让寡人务必挽留住你。可是，你是寡人的客人又是我大宛国的恩人，知恩不报，那不是君子所为，何况我乃一国之君，更应该行君子之为。来人！向汉使发放通关牒文，并附上我的亲笔信函给康居国王。"

张骞闻言甚为感动，向毋寡深深一拜。

第六章

~~

抱憾而归

1.遭受敌视

大宛国王将准备好的马匹、骆驼及种子秧苗等赠予张骞，并派了一名向导跟随，趁夜色将张骞等人送出城。

离开了大宛国，张骞率领汉使团继续西行，来到了康居国。因为有大宛国王的推荐信函，康居国君很快便签好了通关牒文。又经过长途跋涉，历尽千辛万苦，张骞等人终于到达了梦寐以求的大月氏国。

队伍抵达大月氏国都城外，汉使团成员们先是欢呼雀跃，接着又相拥而泣。离开长安城已有十载，十载的忍辱负重，十载的出生入死，十载的历尽磨难，终于走出匈奴人的包围，来到大月氏国。

来到大月氏国都城下，张骞向守城士兵递上官文。士兵看不懂绢帛上的字，上下打量着众人。这时，向导走上前来，对守城士兵解释说：

"这是汉朝使节，来大月氏国要面见国王。"

士兵顺着向导手指的方向看了看，一脸茫然地问：

"汉朝在哪里？"

当向导把士兵的疑问翻译给大家时，大家非常惊诧。

侯宇迟再也忍不住了，抢先问道：

"我大汉数万里疆域，辽阔纵横。我大汉集萃八方，烟波浩渺。这么大的一个国家，你居然不知？"

守城士兵好奇地看着说话滔滔不绝的侯宇迟，耸了耸肩表示不懂。侯宇迟气得哇哇大叫，转身对张骞说：

"张大人，我们历尽千难万险，出生入死，牺牲了那么多人的生命，来此做什么？你看他们根本不知道我大汉的存在！"

甘父这时也是满腔怒火，也抬头看着张骞，等待着张骞作出决定。

张骞走过去，对守城的士兵深施一礼：

"大汉使节奉命前来贵邦，是想与大月氏国王修好，两国共同抵御匈奴。烦请禀报国王陛下，召见我等，感激不尽。"

守城兵将见张骞彬彬有礼，没像刚刚那人喋喋不休，便接过官文，前去禀报。

不一会儿，兵将出来，递过官文，示意张骞等人进入城内。

大月氏都城，车水马龙，货商云集，看上去也是一片繁荣。张骞等人走在街道上，不时就会引来众人围观的目光。从目光里，他们看不到丝毫友好。

张骞不解。

"难道仅仅是因为我们的长相与他们不同?"

张骞暗自思忖着。

"大月氏国饱受匈奴欺辱,对了,难道他们把我们当成了匈奴人?"

张骞在心里画着问号。

这时,只见甘父被一群人团团围住,他们朝甘父身上扔水果,果汁溅了甘父一身。甘父正要发火,一个商贩打扮的大月氏人走上前来,趁甘父不备一拳打在甘父的脸上。

甘父的怒火一下子被点燃了,朝着这个打他的商贩猛地扑过去。商贩见状便夺路而逃,没跑几步,那人便被甘父老鹰捉小鸡似的捉住。甘父正准备将这人狠狠痛打一顿,却被张骞制止。张骞示意甘父放手,甘父的手刚一松开,那人却拾起一种叫石榴的水果,朝使团成员们扔去,嘴里还叽里呱啦地说着什么。

甘父再也忍不住,抓起那人猛地一扔,那人便跌坐在地上,人群顿时乱作一团。这时,又有大月氏人趁使团成员目光集中在甘父处之际,把侯宇迟背上的包用刀划开,里面的东西掉了一地。张骞的衣服上也被染上很多蔬菜汁。他们经过之处,总会有人朝他们扔东西。

"他们到底把我们当什么了?怎么可以这样对待我们?"

侯宇迟满心委屈地说。

张骞缓缓地回答：

"他们把我们当成欺负他们的匈奴人了，所以才这样。"

"噢，原来是这样。"

众人恍然大悟。

连续找了几家客栈，张骞他们均被拒绝。尽管随行的向导耐心地解释，并且拿出银两许诺加倍付给，可大月氏人拒不接受他们的银两，依然视他们为敌人。这可叫张骞为难了。他们费尽心力来到大月氏国，没想到竟然遭到如此礼遇，怎能不让他们心寒。无奈，他们找了一处民房，用双倍的价格租了下来。这家主人是康居人，来大月氏经商。主人腾出一个院落供张骞他们居住，虽然条件不好，但张骞一行人总算是安顿下来了。

到了晚上，连续赶路的汉使团成员早早安歇了。张骞睡不着，依然在灯下做着记录。突然外面传来一阵脚步声，接着便看到一束火光。张骞推开门，见一个人影慌乱逃走，而院中的一堆柴草已经被点燃。

张骞大叫："不好！"

恰好院中有一个破水罐，里面盛满了雨水，张骞顺手抱起水罐，用力向熊熊大火泼去。甘父也从房间中跑出来，拿着衣服用力扑打着草堆中涌起的火苗。

火被扑灭了，众人闻声都起来了。大家看到此情此景，不由得倒吸一口凉气。

侯宇迟嘟囔着：

"这大月氏国是没法待了，咱们千里迢迢满心欢喜地奔它而来，没想到这么不招人待见，还是回大汉吧。"

"是啊，出来十年了，做梦都想回家。大月氏也来了，咱们的使命也算完成了吧。该回家了。"大家七嘴八舌地议论着。

张骞面色阴沉，他也在想着该怎么化解大月氏人的敌意和误解。

甘父上前一步，对张骞说：

"兄长，应该尽早递上官文，让国王会见我们，这里真的不宜久留，长时间耗下去，恐怕我们的身家性命都要交待在这里了。"

张骞点了点头。

就这样，谁都没敢再睡，大家干坐了一宿，等着天亮以后，去宫中面见国王。

2. 巧见女王

第二天一早，张骞一行人便前往大月氏国的皇宫宫门外，等待着国王的召见。

国王殿前的侍卫递交上官文，出来告知张骞等人回去等候。张骞他们无奈，准备回到住处等候消息。

回去的路上，几人顺便步行到一处集市，准备买些日常用品。

康居国王派来的向导乌汗见状，便用大月氏语主动跟周围的大月氏人打招呼，并告知大月氏人，他们是大汉使者，不是匈奴人。乌汗在路过一个卖帽子的店铺时，还特意给甘父买了一顶当地人戴的帽子。

张骞受乌汗的启发，突然想出一个办法。他让乌汗出面给大家购买当地人的衣服，并教给大家简单的大月氏人的日常用语和"我不是匈奴人，我是汉人"这句话。

就这样，只要是张骞他们出来，便主动和大月氏人打招呼。时间久了，附近的大月氏人也慢慢接受汉使团的成员了。为避免冲突，大家准备让甘父留在家中，没有重要的事情，不让他出门，这让甘父感到非常不舒服。甘父本来就是一介武夫，根本没有闲下来的心思和准备，再加上跟随张骞奔波这么多年，早已经养成打打杀杀、风餐露宿的习惯。让他安逸下来，他反而不适应了。

甘父坚决不同意这个决定，可是，他的外貌特征太招摇了，经常会给大家带来麻烦。

张骞说：

"还是别为难义弟了，要来的终归会来，躲不掉。这是个耗时耗精力的差事，没有足够的耐力和韧性，是完不成使命的。我们得有长期应对的准备。"

　　张骞在这段时间里，依然是忙时出外体察民情，闲时坐下记录。

　　时间就这样过了一月有余，依然没有从皇宫传来国王召见的消息。这一天，甘父坐到张骞对面，心急如焚地对张骞说：

　　"兄长，我们不能这样干等着，这得等到什么时候？"

　　张骞抬起头看着甘父说：

　　"义弟，急不得。想必那大月氏国王每天事务繁忙，要批阅无数的奏折表章，肯定是无暇顾及我等。我们再等等，莫急，莫急。十年我们都等了，不差这一时。"

　　甘父见张骞一副不慌不忙的样子，便也不好说什么。甘父早有打算，从第二天开始，每天都要去皇宫门口问一问。

　　翌日，甘父带着乌汗悄悄出门了。他俩来到宫门之外，躲过了宫外侍卫的盘查，找了一个背静的地方坐了下来。此时，正是早朝刚散的时间，不少王公大臣从宫殿中走出，有的策马扬鞭，疾驰而去；有的坐上马车，缓慢行着。

　　随着宫殿大门慢慢关闭，甘父和乌汗正准备上前询问御前侍卫，打探一下被召见的消息，见从宫中急急地走出两位衣着华丽的人，后面还跟着几个侍卫随从。甘父和乌汗避而不及，和他们打了个照面，甘父他们慌忙低头退后。

　　只听见一声：

　　"哎呀，乌汗，是你吗？"

　　那人说完，便冲乌汗、甘父他们走来。甘父一惊，乌汗也顺着声音抬头观望，只见一侍卫打扮的人站在了他的面前。

"乌力图!?"

乌汗大喜。原来这侍卫是乌汗的堂兄，两人从小一起长大，自从大夏被大月氏攻占后，便杳无音信，现在居然在这里遇到。

匆匆见面，两人来不及说更多的话，乌力图小声对乌汗说了句:

"索拓吉王府。"

便随那两个衣着华丽的人离开了。

甘父、乌汗回到居所，向张骞禀告了此事。张骞沉吟了片刻，对乌汗说:

"也好，我们可以利用你堂兄去接近索拓吉太子，再利用太子见国王。"

于是，张骞便拟订出计划，让乌汗和甘父主动去索拓吉王府，以寻亲的名义进入王府。

这个计划很顺利，更让人意想不到的是，乌力图向索拓吉王子禀报了汉使张骞等候国王召见这件事之后，王子对此兴趣极大。他要乌力图速速与张骞联系，他想见一见这位不远万里来到西域的大汉使者。

这一日，张骞在乌汗和甘父的陪同下，前往王府府邸，拜见索拓吉王子。年仅十八岁的索拓吉王子风度翩翩，活力四溢。他被张骞的故事所感动，与张骞一见如故。他十六岁的妹妹伊莲娜更是钦慕张骞的仪表和德行。他们兄妹俩被张骞深深吸引。张骞从兄妹二人的口中得知，如今的大月氏国已经不同以往。

老上单于杀了大月氏王以后，大月氏国屡次迁徙，后来投靠了乌孙国。谁料想乌孙跟匈奴串通一气，对大月氏人进行残酷的绞杀，逃亡乌孙的大月氏再次被杀掠。乌孙的一路追杀，让大月氏人四处逃亡。迁到现在地方的大月氏人成立了大月氏国。他们励精图治，打败了大夏，过上了安定的生活。

因为大月氏王被杀，大月氏人拥立了现今的女王。现在的女王陛下早已厌恶了颠沛流离、终日逃亡的日子，她享受着大月氏人现在安逸的生活，不想再涉入战火当中。源于此，尽管汉使团的官文几次递上，女王看都不看就驳回了，她不愿把自己的王国重新带入战乱之中。

张骞听罢，再一次陷入沉思。见不到女王，他就不算完成大汉皇帝的使命，就无法回到故土。他不想就此罢休，想再搏一次。

张骞与王子索拓吉和公主伊莲娜成了朋友。他时不时地就来王府做客，给王子和公主讲述发生在大汉的故事，讲自己十载的幽禁生活，讲匈奴的残暴野蛮，讲战争的残酷和百姓的民不聊生。可爱的公主也教张骞大月氏国音乐。张骞很快就掌握了音律，并且能够自弹自唱。

终于，机会来了。在王子和公主的安排下，女王陛下来到索拓吉王府赴宴。宴会上，等候在此的张骞叫甘父吹奏起匈奴人的号角，自己在帘幕后蹩脚地唱了几句大月氏的民谣：

> 月氏王魂一声吁，
>
> 大风吹兮草渐低。
>
> 酒歌起兮吟悲曲，
>
> 谁的头颅血泪滴。
>
> 深宫大院有酒兮，
>
> 谁懂君王内心戚。
>
> ……

女王听到这如泣如诉的吟唱，脸色大变，她呆坐在那里，半天缓不过神儿来。歌声让她不禁想起了往事，不由得失声痛哭。女王寻找唱歌之人，在公主的陪伴下，张骞以汉使身份得以觐见女王。

女王问道：

"你是何人？如此大胆，竟敢提及本王伤心往事？"

张骞深施一礼：

"汉使张骞，奉大汉皇帝之命，前来大月氏国觐见女王陛下。适才吟唱实属无奈……"

接着张骞便诉说了十余年来的苦寻历程和九死一生的经历。他简单平实的话语感动了女王，女王在一旁泪流满面。

张骞见状，趁机说：

"骞此行名为互通贸易，友好往来，实为联合西域各国，共击匈奴！我大汉皇帝皇恩浩荡，愿与女王陛下世代修好，共拒强敌！骞历时十余载，忍辱负重，一片痴心，苍天可鉴！"

女王听罢，轻叹一声，面露难色。

3.意见不合

张骞的一席话，叫女王感动，也叫她为难。女王何尝忘记是匈奴让她饱尝失去亲人、失去家国的痛苦？连年战争的离乱，让多少大月氏人妻离子散，家破人亡，这杀夫之仇，夺家之恨，她又何尝不想报。无数个夜深人静的夜晚，女王曾一个人伤心落泪。可是，时过境迁，情况变得复杂起来。

如今那拨饱受匈奴攻打之苦的大月氏人越来越老，虽然有一腔杀敌志，却也是力不从心。而年轻一代却无法体会河山破碎、背井离乡之恨。他们错把异乡当作故乡，在这里生活得安逸美好，根本不愿意再陷入战争。

时光像流水一样，把大月氏人的仇恨冲淡了。

女王敬重张骞的诚信仁义，敬重张骞的忠心耿耿，感念大汉的信任和友好。她多么希望大月氏国有张骞这样的良将忠臣，辅佐她重新夺回已失去的家园。出于对匈奴的忌惮，她无法说服自己和朝臣，把大月氏重新置于水深火热之中。作为一国之君，她要为自己的子民负责。

张骞观察到了女王表情的变化，也知道自己刚才的那番话有些心急，让女王没有任何准备。于是，他把话题引开，避免了女王的尴尬。

未完成说服女王答应出兵的使命，张骞的汉使团只能继续在大月氏国逗留。张骞准备再次寻找说服女王的机会。攻破女王防线的可能性，只能来自索拓吉王子和伊莲娜公主。张骞继续出入王府，他的真诚友善和彬彬有礼，赢得了王子和公主的爱戴。特别是伊莲娜公主，在与张骞不断的接触中，竟然对这位博学儒雅的汉使产生了好感。

伊莲娜公主向张骞流露出要他留在大月氏做驸马的想法，但被张骞婉拒。张骞告诉公主，他的妻子贺兰诺敏和儿子张斯翰为让他逃离匈奴的追杀、完成使命，现在还在匈奴。他的妻子贺兰诺敏不惜牺牲自己，引开大股追兵，至今情况不明，他现在还不知道他们在承受着怎样的痛苦，怎能背信弃义，另结新欢。

可是公主却告诉张骞，她不介意张骞是否有妻有子，只要张骞答应留在大月氏就好。以后一旦有了他妻子贺兰诺敏和儿子张斯翰的消息，就把他们接到这里来一起生活。

张骞无法接受公主的爱意，更不会长久留在大月氏国。可是为了能够说服女王陛下，完成联合抵抗匈奴的使命，他又不得不常与公主见面，找寻与女王会面的机会。

张骞的心里充满矛盾。

坠入爱河的伊莲娜公主主动找到母亲，让母亲出面去匈奴用重金将张骞的妻子和儿子赎买回来。为了女儿的幸福，女王终于答应会见张骞。

一日，公主带着张骞进宫拜见女王陛下，女王又仔细打量着宫殿之下站立着的这位大汉使者。仪表堂堂的张骞，不卑不亢，气质中透出儒雅和威仪，果然是一表人才。女王连连赞许女儿有眼光。

张骞上前一步，深鞠一躬向女王行礼。

女王问张骞：

"公主伊莲娜要让你留在大月氏，还要与你结为夫妻，并要我去匈奴用重金赎回你的妻儿，张汉使意下如何？"

张骞忙施一礼，回复道：

"既然女王陛下已知张骞来此的使命，怎会要我做不忠不孝、不仁不义之事？虽然陛下没有与我说出隐情，但骞也能猜得到八九分。骞以为匈奴的野心不止是大月氏，他们的胃口大得惊人，现在他们已经开始觊觎我大汉，大汉的疆土和民众已经受到他们的威胁。骞以为女王陛下无论躲到哪里都难逃被绞杀的命运，只有跟我大汉联合抵抗，打击他们的嚣张气焰，才有安稳幸福的日子可以过。"

女王连连点头：

"既然张汉使说到此，我也就不再隐瞒。我自从被拥立为王之后，实际上权力并不完全在我手上。大月氏国还有五部翕侯，重大的事情都是由这些王爷们共同商量。我虽贵为王君，却并不掌握多少实权。何况索拓吉和伊莲娜也并不是大月氏王亲生。匈奴入侵大月氏国以后，在走投无路之时，是大月氏王的弟弟一直保护着我还有当时肚子里的孩子，因为终日过着提心吊胆的逃亡生活，大月氏王的骨肉没保住。在与王弟朝夕相处中，我们有了感情，然后便有了索拓吉和伊莲娜。王弟在与大夏的战斗中重伤身亡，从此，我便独自带着两个孩子，并将他们抚养长大。这便是我的难言之隐。今日我向张汉使和盘托出，就是希望张汉使体谅我的苦楚。"

女王的一番肺腑之言，让张骞震惊，更让张骞钦佩。他佩服眼前这位外刚内柔的女子，在国破家亡的情况下，从匈奴人的手中死里逃生，又坚强地重组大月氏国。他再次深深地向女王施了一礼，并表达了自己对女王陛下真挚的谢意和理解。

张骞拜别女王，回到寓所，就与众人一起商议怎样游说五部翕侯。张骞从索拓吉那里了解到这五部翕侯也都各自为战，特别是高附城翕侯沙吕坦，他是一个风度翩翩的年少公子，长得一表人才，早就倾慕伊莲娜公主，最近已经向女王陛下提亲，想要成为伊莲娜公主的驸马。

本来张骞未到王府之前，伊莲娜天天跟着沙吕坦，沙吕坦也乐得陪这个意中人玩耍。可是自从张骞出现后，沙吕坦整天找不到伊莲娜公主的人影。他派人打探其中的原因，知晓伊莲娜早已移情张骞。他预感到此人一定会成为阻碍他与公主好事的最大障碍。而此时，张骞正准备说服他与大汉联合。

张骞根据索拓吉王子的建议，先游说了主战的翕侯，主战的翕侯们开始组织士兵进行紧张的操练与备战。而高附城翕侯沙吕坦觉得如果张骞游说成功，天下将战祸不断，刚刚过上太平日子的大月氏百姓又要饱受战争之苦；他做驸马的美梦势必也将破裂，这于国于己都将是一场灾难。

这时，主战与主和两派因为是否介入战争产生争执而发生械斗。主战派声称要联合西域各国，一起抵御匈奴和乌孙；主和派表示，要以国家大局为重，要和平，要休养生息。

沙吕坦在一旁静观着他们的争斗，他觉得这混乱都因一人而起，那人便是张骞。如果没有张骞的搅和，大月氏国不会四分五裂，更不会如此混乱不堪。他没等张骞游说至此，便命令手下的大月氏国高手暗中袭击张骞使团。张骞的手下侯宇迟替张骞挡住一箭而死，战事一触即发。

4.无心插柳

张骞的到来，令大月氏国的翕侯们分崩离析，最终导致了一场冲突。年轻气盛的沙吕坦一怒之下，命手下人袭击张骞。他想把张骞赶出大月氏国，免得张骞蛊惑人心。张骞的手下侯

宇迟替张骞挡住了暗箭，不幸身亡。侯宇迟的死，让张骞痛苦
不已。可沙吕坦依然不依不饶，继续挑衅生事，还给张骞下了
一道战书，要与张骞决斗。

身心疲惫的张骞游说沙吕坦和其余一位翕侯不成；而女王
又绝口不提合作的事，也不提出送张骞回国。事情就这样继续
拖着。其实，张骞的内心也开始挣扎，游说大月氏国共同攻打
匈奴是自己的使命，但是主和派的言论也不无道理。现在这里
和平美好，百姓安居乐业，自己的使命会不会使这里的人民再
次陷入战火？战争是为了和平，那和平的时候还要不要发动
战争？

张骞和甘父、乌汗每天都在大月氏国的都城转悠。张骞又
开始了自己的考察。他详细记录着大月氏国的山川地貌，河流
分布和植物特性，回去便整理归纳，并一遍一遍默记下来。宝
灵也一直跟随着张骞，但因长期无法驰骋，眼见着比从前萎靡
了许多。

女王派人暗中监视着张骞的举动，见他没有继续游说各位
翕侯，便以为他是要放弃之前的决定。只要不提攻打匈奴的
事，女王都不管不问。她想让张骞多在大月氏国走动，对大月
氏国有更深的了解。对大月氏国了解越深，张骞留下的可能性
就越大。她求贤若渴，实在是喜欢这位侠肝义胆的英雄。

张骞还照例请求女王的召见，但只要是涉及匈奴以及战争

的话题，女王一概回避。她向张骞请教如何改善耕种环境，如何在有限的耕地面积中取得更大的收获。张骞凭着自己的农耕知识，耐心地给予指导和讲解。张骞俨然成了大月氏国的农业顾问。

女王再次被张骞的博学和真诚感动，决定将公主下嫁张骞。只要张骞能安心留在大月氏国，女王愿赐张骞良田与城池。

公主兴冲冲地把这件事告诉了索拓吉王子。索拓吉王子思忖了一阵，告诉妹妹，凭张骞的为人，想要留下他是根本不可能的。只能是一不做二不休，胁迫他成婚。待生米煮成熟饭，按张骞的性格，他是不会不负责任的。

兄妹二人便一起商量如何布局，让张骞就范。

张骞早就从女王及公主的暧昧态度上看清了这一步。凡是王府的宴请，他都小心翼翼，生怕有一丝闪失。

他和甘父也在想着让公主死心的对策。这些天，张骞被这件事弄得焦头烂额，一方面他不忍做出伤害公主的事，因为公主于自己有恩；另外一方面，在匈奴的妻儿至今下落不明，良心的谴责让他不敢多想。这些天来，他愈加思念自己的妻儿。

下了战书的沙吕坦见张骞迟迟不予回复，便与手下人一起商议如何逼他出手。

这一日，张骞牵着宝灵，甘父和乌汗紧随其后，三人又照例出门，在城外闲游。远远看见一队人马疾驰而来，张骞他们勒住马缰绳靠在路的一侧，给马队让路，却见这支队伍丝毫没有慢下来的意思，并对着张骞他们冲过来。张骞躲闪不及，带着宝灵冲下土坡。宝灵哪里是一般的战马，四蹄腾空便又跃上路面。甘父见状，策马追击马队。他想要看个究竟，到底何人如此嚣张。没想到甘父正中了人家的调虎离山之计。

甘父刚离开，张骞便被包围。为首的正是沙吕坦。只见沙吕坦二目圆睁，一张好看的脸此时充满愤怒。他冲着张骞叫嚷道：

"大胆张骞，居然敢对本王下的战书置之不理。你傲慢自负的态度，分明就是藐视本王。"

张骞在马上一抱拳，朗声答道：

"汉使张骞拜见沙吕坦翕王。翕王有所不知，骞不远万里来到大月氏国，实在是为了与大月氏国互通友好，共御外敌。骞是带着使命而来，并非有意为难翕王，与翕王为敌。如有得罪翕王之处，骞真诚致歉。"

乌汗把张骞的话翻译给了沙吕坦，沙吕坦听后仍然不依不饶。他横马过来，照着张骞就是一刀。宝灵一个激灵，快速躲闪。沙吕坦的刀劈空，便又一打马冲过来，又是迎头一劈，招招都是狠招。张骞出来根本没带兵器，无法与咄咄逼人的沙吕坦对抗，便只能用缰绳带住宝灵一直躲闪。沙吕坦见状更加气愤，哇呀呀直叫：

"张骞，你欺人太甚！快快出招！"

这时，甘父策马而归。他见此状，先是诧异一下，正欲上前与沙吕坦迎战，张骞大喊一声：

"义弟闪开，把刀借与我，他找的是我！"

甘父只好退后，把刀递给张骞。张骞接过兵器，便驱马迎战。

沙吕坦依然使尽全身力气，刀刀致命。张骞只是用刀抵挡，并未出杀招主动进攻。这一杀一挡，只有几个回合，年轻的沙吕坦便开始气喘吁吁。

张骞趁沙吕坦喘息时，开始猛烈进攻，刀刀紧逼，杀得沙吕坦狼狈不堪。张骞把刀横在沙吕坦的脖颈之上，沙吕坦眼睛一闭，横下心来准备一死，可张骞却把刀猛地一收。沙吕坦睁开眼睛，不解地看着张骞。

张骞又是一抱拳：

"翕王，得罪了！骞本无意加害翕王。望翕王恕罪。"

沙吕坦无法接受这个结局，大声喊着：

"张骞，士可杀不可辱，你这样几次三番羞辱本王，叫本王今后如何立足？"

张骞呵呵一笑，对沙吕坦说：

"男儿立身之本是责任。身为王者，有守疆土，佑苍生之责任；身为丈夫有护家园，爱亲人之责任。翕王既然心有公主，就更不应该意气用事，应该尽守男儿之责任，对公主亲爱有加才是。骞的妻儿现仍在匈奴人手中，生死未卜，骞无意与翕王争夺驸马之位。骞生为大汉人，死也是大汉之亡魂，更无意居留在此，翕王不必多虑。"

张骞此言一出，沙吕坦的心才真的放下。他跳下马，单膝叩谢张骞不杀之恩。

张骞又说：

"如翕王用得着骞，骞愿成人之美，助翕王早日抱得美人归。"

沙吕坦立即向张骞追问下一步该如何。张骞笑而不答。沙吕坦再次追问，二人竟然有说有笑地策马并肩而去。留下一脸无奈的甘父和乌汗。

在索拓吉王子的操办下，张骞终于就范。王子出面设宴款待汉使团，酩酊大醉的张骞被搀扶到洞房，与公主成就了百年之好。可红烛之下，张骞的脸却成了翕王沙吕坦笑盈盈的脸。公主恼羞成怒之际，沙吕坦趁机示好，并感谢汉使张骞的成全。这个时候，女王陛下也亲自出面，劝说公主。

原来，张骞找到女王陛下，说出了自己的想法。女王陛下被张骞的坦诚再次感动。女王也赞成公主与沙吕坦两个人重归于好。就这样，公主和沙吕坦欢欢喜喜地成就了美满婚姻。

　　茫茫戈壁滩，奔驰着几匹骏马，马上的人在月色中眺望着远方，他们是大汉出使团一行人。张骞手握节杖，目光坚毅。虽然这次没有能够完成使命，但是他感觉收获满满。回去可以向皇帝汇报实情，大月氏国这里没有战火硝烟，这也算一件喜事吧。

第七章

≈

大汉雄风

1.再入虎穴

元朔二年（前127年），张骞率领汉使团，连夜从大月氏出发，众人一路不分昼夜地赶路。行至茫茫草原，张骞知道，又到了匈奴的疆域。张骞这次没有显露汉使的身份，而是与众人乔装成了匈奴人。这么多年来在匈奴生活，使团成员也会说很多匈奴语了。

没想到张骞一行人再次遭遇匈奴兵将的阻拦。

张骞在贺兰诺敏的掩护下躲过匈奴兵的追击后，副将须卜禄就向军臣单于进言，说他早已察觉张骞等人有逃脱之心，并在贺兰诺敏的部落里安插了眼线，来监视张骞的行动。而他也早已将此事禀报给了义渠敦，是义渠敦一意孤行，有意放张骞出逃。军臣单于大怒，狠狠地教训了义渠敦，惩罚他代张骞受过，在囚笼中暴晒七日。这刚愎自用、桀骜不驯的义渠敦哪里受得了如此羞辱，七日期满，当他从囚车中被拉出后，便大笑不止，从此彻底疯了。

军臣单于升任须卜禄为左将军，命他继续追击张骞。狡猾的须卜禄假借义渠敦的名义给义渠遂飞鸽传血书，要义渠遂在边关拦截张骞。义渠遂为了替弟弟报仇，拼命围堵绞杀张骞等人，结果在雪山之巅葬送了自己的性命。

张骞又成了匈奴的俘虏。这夜，他被带到了匈奴将军的营帐，帐中正襟危坐的正是须卜禄。

须卜禄看着张骞，满脸狞笑，恶狠狠地说：

"汉使张骞，草原之大，大到你插翅难飞，这是不是咱俩的缘分呢？"

张骞看都不看他一眼，凛然道：

"张骞自出发之日，便早已将生死置之度外，要杀要剐，悉听尊便。"

须卜禄又干笑两声：

"我不信你真的不怕，当年要不是大单于的命令及贺兰诺敏和义渠敦的暗中协助，你以为你能活到今天？现在单于也对你恨之入骨，你觉得你还能活着回到你的大汉吗？"

张骞轻蔑地看了须卜禄一眼：

"大丈夫死又何惧？"

然后无论须卜禄怎样对他，他都一言不发。

须卜禄见张骞一副视死如归的样子，也拿他没有办法，于是命人严加看管，等天亮禀报军臣单于再做定夺。

　　为防止他们逃跑，张骞等人被分别囚于两处。甘父趁看押的兵士半夜打盹之际，悄悄解开捆绑自己的绳索，翻身出了营帐。甘父站在帐外想了想，又悄悄返回了营帐之中，重新把自己缚绑一遍。他们身处匈奴兵的重重包围之中，凭借着自己微弱的力量是寡不敌众的，何况还有其他几个兄弟。他不能丢下任何一个人，自己独自偷生。再次被俘就意味着将永远成为奴隶，可甘父哪里管得了那么多。如果没有张骞，他不知死了多少回了。

　　张骞的逃脱让军臣单于非常失落，他本以为自己的苦心能让张骞降服，岂料张骞卧薪尝胆，苦苦等候十载。他想不明白，是什么让张骞舍弃妻儿一往无前。

　　军臣单于把自己的愤怒发泄在了贺兰诺敏母子身上，他下令让贺兰诺敏母子做奴隶。由于太子於单苦苦求情，母子二人才免于受罚。太子於单把贺兰诺敏接到自己的府上，在自己的领地为贺兰诺敏母子开辟了一处小牧场，并赠予他们羊群和马匹，给了他们一处生存的空间。

　　在与贺兰诺敏的交往中，於单太子慢慢喜欢上了贺兰诺敏，所以面对须卜禄的刁难，他总是出面保护贺兰诺敏。他的所作所为，贺兰诺敏看在眼里，但她的心中依然牵挂着自己的丈夫张骞。她每天都在祈祷张骞能够平平安安地完成使命，来接他们母子回家。

　　贺兰诺敏把这些心里话说给了太子於单，太子听完，陷入沉思中。他喜欢贺兰诺敏，但是无论他为贺兰诺敏做了什么，都无法代替张骞在她心里的位置，获取贺兰诺敏的芳心。贺兰诺敏对张骞坦荡忠贞的真情，得到了太子於单的尊重。他默默地祝福二人能够早日团聚。从此，太子於单和贺兰诺敏便以姐弟相称，於单依然对贺兰诺敏母子照顾有加，让他们母子的生活有了依靠。

此时的匈奴内部也发生了重大的变化，军臣单于年迈体衰，他的弟弟伊稚斜早已觊觎单于之位。他暗中操纵，排除异己，拉拢群党，想等待羽翼丰满自立为王。伊稚斜本欲收买义渠敦，以削弱军臣单于对兵权的控制。谁料，义渠敦疯了。他便又想拉拢须卜禄。

军臣单于的身体越来越差，他不知道这是其弟伊稚斜所为。伊稚斜暗中叫郎中在军臣单于的药里下了慢性毒药。

这一日，卧病的军臣单于传诏书要见太子於单，他要立遗诏，让於单继承王位。於单接到军臣单于的诏书，便急匆匆地来到单于大帐之外，等待军臣单于的召见。这时等候在帐中的叔叔伊稚斜以兄长病重，他暂时代为行使权力为名进行阻挠，阻止太子於单见自己的父亲。

盛怒之下的太子於单命手下人杀出血路，闯入帐中面见父亲。可是与伊稚斜沆瀣一气的须卜禄已在大帐外设下埋伏，他下令捉拿下太子卫队，并诬陷太子谋反，此时的太子於单孤立无援，无奈只能束手就擒。伊稚斜派人包围了太子大营，於单连同贺兰诺敏母子都被伊稚斜软禁。

须卜禄十年前被贺兰诺敏拒绝之后从未死心，一直惦记着贺兰诺敏。他想张骞已经撇下贺兰诺敏母子逃走，贺兰诺敏对他一定能够回心转意。

这一次他受伊稚斜指派，在软禁太子的同时，也见到了自己朝思暮想的人。他几次三番地来骚扰贺兰诺敏，以财物相诱，但都遭到了贺兰诺敏的严词拒绝。恼羞成怒的须卜禄欲强行占有贺兰诺敏，贺兰诺敏以死相逼，守住贞操。在太子於单的及时搭救下，须卜禄只能灰溜溜地走了。

太子於单被俘，严厉呵斥伊稚斜视兄弟情义于不顾，祸乱朝纲，无视法纪，会受到应有的惩罚，并劝其改邪归正，这样才是保命的根本。

伊稚斜被彻底激怒了，他愤恨地命人把贺兰诺敏关到大牢，并咬牙切齿地对太子於单说："我一定要叫你生不如死。"

2.放手一搏

被关入大牢的贺兰诺敏拒吃狱卒每天送来的食物，她想用绝食这种方法逼迫伊稚斜放自己出去和儿子小斯翰相聚。她为太子於单担心着，不想让自己成为伊稚斜要挟於单的筹码。她在监牢里用自己的方式暗暗地与伊稚斜抗争着。

这一天，狱卒照例来送饭，他看着贺兰诺敏一口未动的食物，叹了一口气，对贺兰诺敏说道：

"唉，贺兰姑娘，多少你得吃点，不吃哪有力气和你的夫君见面呢？那个逃跑的汉使张骞已经被须卜禄将军抓回来了，你还不知道吧？"

正在闭目养神的贺兰诺敏听到狱卒的话，兴奋得差点叫出声来。

她迫不及待地追问：

"大哥，你是说我的夫君张骞回来了？他在哪里？"

狱卒点了点头，又示意贺兰诺敏小声一些。

"他被关在须卜禄将军营帐的大牢里。"

贺兰诺敏恨不得马上飞到张骞的身边。她在监牢里来回走着，想着逃出去的对策。她咬着牙，狠狠地跺一下脚，也罢，舍不得群羊抓不到饿狼。

她喊来狱卒帮忙，给须卜禄捎话，说她想见他。

闻讯而来的须卜禄看到消瘦憔悴的贺兰诺敏，心中一阵不忍。他想起当年那个迎接他们凯旋的俏丽活泼的美少女，再看看眼前这个羸弱可怜的女子，心中一阵酸楚。

他大喊：

"是谁如此大胆，把贺兰姑娘关押于此？来人！快放开。"

狱卒赶紧开锁放人。须卜禄哪里顾及许多，带着贺兰诺敏回到了自己的营帐之中。

当贺兰诺敏把伊稚斜如何以自己为人质要挟太子的事跟须卜禄说了以后，须卜禄立时呆住了。他忽然后悔起来，为什么事先没有了解清楚，便把贺兰诺敏带出监牢，自己真是被美色冲昏了头脑，这得罪了伊稚斜可如何是好？但一切为时已晚，他咬咬牙，恨恨地对自己说：

"也罢，我堂堂一个左将军，连自己心爱的女人都保护不了，还做什么将军，这个乱我添定了。"

贺兰诺敏求须卜禄从伊稚斜那里要回儿子张斯翰。须卜禄亲自去了伊稚斜的大帐，让伊稚斜放了张斯翰。碍于须卜禄手中的兵权，伊稚斜不敢得罪他，便一口应允下来。

贺兰诺敏终于和儿子小斯翰团聚，她这一夜都紧紧地搂着儿子，生怕又失去最亲爱的宝贝。

第二天，是须卜禄的生日。筵席上，贺兰诺敏破例为须卜禄跳了舞。须卜禄大喜过望，那晚，他喝得酩酊大醉。酒浓之时，贺兰诺敏又吹起胡笛，这悠扬悲戚的笛声传到了被关押在须卜禄营帐大牢中的张骞的耳朵里。草原上只有自己的妻子贺兰诺敏才吹得出这么优美的旋律。他喜出望外，知道贺兰诺敏还活着，而且就在离自己不远的营帐之内。

贺兰诺敏趁须卜禄酒醉之际，拉着小斯翰偷偷溜出营帐。他们避开夜巡的匈奴兵将，一口气跑到大牢。狱卒早已鼾声如雷，贺兰诺敏和小斯翰轻手轻脚地躲过狱卒，挨个牢房寻找着。张骞此时也隔着囚门在向外张望，正好和寻找他的贺兰诺敏对视，夫妻二人终于得以相见。二人隔着牢门，手紧紧地握在一起。相别一年，胜似一生，这中间的苦楚只有他们二人知道。

一旁的儿子张斯翰也把小手伸向牢门之内，张骞一手握着妻子，一手握着儿子，他的眼泪瞬间溢满眼眶。这个刚强的汉子，没有被匈奴的刀剑吓倒，而面对挚爱亲人，他再也忍不住了，失声痛哭起来。小斯翰非常懂事听话，他主动把父亲交给他的任务——了解匈奴的地理、军事等情况，讲给张骞听。张骞一边抹着泪一边看着自己的亲生骨肉。

早已被吵醒的狱卒看到此情此景，没有去打扰，换了一个姿势又假装睡去。

张骞用带着镣铐的手抚摸着儿子的头，他告诉儿子，有生之年一定要带儿子返回故里，带他去见爷爷奶奶，去看一看城固老家他自己栽种的黑米。

"黑米？米还有黑色的吗？"儿子好奇地问父亲。

"当然了，有好多我们不知道的东西，有好多我们不懂的事，都需要你自己去经历。"

儿子好像明白父亲话里的深意似的，使劲地点着头。

相聚总是短暂的，转眼就要分离。当狱卒再次打个哈欠，伸了伸懒腰，贺兰诺敏知道他们应该离开了。

"夫君，等着我，我一定会救你出去！"

就这样，一家三口依依不舍地分别了。

　　贺兰诺敏偷偷去见张骞的事还是被须卜禄知道了。他终于明白为什么贺兰诺敏对自己的态度会突然变好，一改以往的冷漠。他越想越生气，觉得自己被这个女人给耍了。他无法对贺兰诺敏下手，只能迁怒于张骞。他来到大牢，命令手下兵士对张骞严刑拷打。

　　兵士用鞭子无情地抽打着张骞，张骞被打得皮开肉绽，血肉模糊。可他仍然咬紧牙关坚强地挺着。牢房里只听到鞭子抽打的啪啪声和须卜禄恼羞成怒的叫喊声。

　　这声音传到甘父的耳朵里，甘父再也忍不住了，他挣脱牢笼，拼死救下了被鞭子抽打得奄奄一息的张骞。

　　怒气冲天的须卜禄见状，立即拔刀相向。甘父突然发力，击退须卜禄，背上张骞便往外冲。贺兰诺敏见时机已到，也带着儿子偷偷冲到帐外。

　　牢里的囚犯们趁乱也纷纷起来反抗，打斗声、喊杀声此起彼伏。一时间，须卜禄的营帐里乱作一团。

　　甘父背着张骞，拼命杀出一条血路。

　　面对四处逃窜的囚犯，匈奴的兵士们一时慌了手脚，他们不知道该去追拿哪一个。只听见须卜禄一声狂喊：

　　"追拿张骞，重重有赏。"

3.生离死别

正在须卜禄想要对张骞他们赶尽杀绝的时候，有伊稚斜的手下兵将来报，要左将军立即前往单于的帐殿，有要事相商。

眼看着张骞和甘父从自己的眼皮底下逃脱，须卜禄心有不甘，可又无法违抗伊稚斜的命令。他不知道这么晚，伊稚斜急召他去有什么事，只能无奈地收兵回营。

单于帐殿之外，一片肃穆的白色甚是扎眼，须卜禄看罢吓了一跳，莫非是单于他……未等他细想，伊稚斜便迎出帐外，他尽量装出一副悲伤的样子。原来，军臣单于因为胞弟伊稚斜授意大夫开的慢性毒药已中毒故去。伊稚斜趁机修改了军臣单于的遗诏，还未等哥哥的葬礼举行，便开始对太子於单及他的反对者们大下杀手。他找须卜禄来就是商议如何对付太子於单。

须卜禄一听，心里暗暗吃惊，这个伊稚斜真是心狠手辣。坐上单于之位是何等重要之事，他都没与左右贤王和众位将军商议，便自做决定。想想自己日后将听命于他，须卜禄倒吸了一口冷气。

太子於单被伊稚斜软禁之后，偷偷写下一封书信，派人秘密送到了右贤王府。他在信中把伊稚斜如何未等军臣单于咽气便自行代单于行使权力和打压软禁自己一事，详细做了说明，并要右贤王出面联合反对伊稚斜的将军们，一起起来捍卫军臣单于的地位。

右贤王素来厌恶伊稚斜，他是军臣单于忠实的拥戴者。看到这封信以后，右贤王先是用调包计，将太子於单从伊稚斜的严密监视下解救出来，然后又召集与伊稚斜政见不合的朝臣们，阻止伊稚斜篡位，拥戴太子於单为单于。

一切都在秘密进行中。可其中一位摇摆不定的朝臣，惧怕伊稚斜的残暴凶狠，在计划进行中倒戈。他前往伊稚斜的大帐之内，把秘密泄露给伊稚斜。伊稚斜听闻大怒，他先是拉拢这位朝臣，许以封地和官阶，再暗中派人监视太子的动静。

接到命令的须卜禄即刻派人捉拿太子於单，他派出的精兵良将遭遇到右贤王带领的捍卫军臣单于的队伍，两支队伍一阵厮杀，一时，草原上又是一场腥风血雨，匈奴人开始了内战。这样一来，就没有人再去追杀张骞和甘父等人了。

张骞和甘父趁机得以逃脱，甘父见后面没有追兵，心中顿感蹊跷。他没敢停下脚步，在营帐外的一处马场，偷牵出两匹马，与昏迷的张骞同骑一匹。他们刚走出不远，正好与偷偷溜出来的贺兰诺敏和小斯翰相遇。贺兰诺敏见张骞伤势如此之重，不禁担心起来。她跑过去摇着张骞的身子，哭泣着呼唤张骞的名字。甘父也是百感交集，正准备下马叩拜嫂夫人。被贺兰诺敏拦住：

"都什么时候了，不必拘泥小节。趁内乱，我们护送张骞赶紧逃生。"

贺兰诺敏也顾不得悲伤，她和小斯翰一起骑上一匹马，便随张骞和甘父一起向草原深处奔去。

他们没走多远，便遇上了正在与伊稚斜派来的追兵厮杀的太子於单。甘父见於单一人力战好几个匈奴兵将，便打马冲过去帮忙。甘父勒马回头再战，一兵士用飞沙来袭，甘父扯起衣服挡住，并顺手接住一枚飞沙回掷，那兵士被击中落马。

贺兰诺敏见状，也带着小斯翰杀过来，她举刀朝砍向甘父的兵将的后背就是一刀，那兵将立即栽下马去。甘父一边护着马上的张骞，一边防御着敌人；贺兰诺敏一边保护着幼子，一边与甘父协同御敌。他们终于从匈奴兵将手中救下太子於单。

张骞这时也慢慢苏醒过来。众人策马跑了一段路，甘父确认后面再无追兵时，大家下马稍作休息。贺兰诺敏为张骞和甘父疗伤，小斯翰在一边喂马。

张骞对刚刚逃离追杀的太子於单说：

"他们为什么苦苦追杀你？"

太子於单把伊稚斜谋害军臣单于、密谋篡位和追杀自己的事完整地向张骞叙述一遍，悲戚地说：

"父王的尸体还未入葬，叔父便开始肆无忌惮地赶尽杀绝，真让人心寒。这匈奴恐怕难有我容身之地了。"

张骞进一步问：

"那何不与我去往大汉？在那里积蓄力量再伺机杀回来。"

太子於单惊异地看着张骞，似乎在问：那样可以吗？

张骞果断地点了点头。

就这样，在张骞的说服下，太子於单决定和张骞他们一起去往大汉。一行人休息片刻，便又上马继续赶路。

狡猾的伊稚斜怕须卜禄面对太子不忍下杀手，更不敢确定须卜禄到底站在哪一个阵营，便亲自带领人马前来诛杀太子。他对太子痛下杀手，以免太子逃离草原，只有这样才能斩草除根，不留后患。

伊稚斜一路朝东南方向追来，正好遇见逃亡的张骞和太子於单。接着又是一番恶战。伊稚斜见斗不过甘父，便打马直奔贺兰诺敏。他从贺兰诺敏的马上把张斯翰硬生生地拉到自己的马上，狞笑着，想以此来要挟张骞夫妻用太子於单交换。

张骞夫妻二人念子心切，悲痛欲绝，贺兰诺敏哭喊得肝肠寸断。可是在信义和亲情面前，张骞选择了前者。他们不顾孩子撕心裂肺的哭喊，忍着失去小斯翰的痛苦，毅然决定暂时放弃救子，以归汉为重。

伊稚斜还欲赶尽杀绝，重金悬赏手下兵将继续追赶，并声称活要见人死要见尸。甘父怒极，一箭射向伊稚斜，箭羽贴着伊稚斜耳朵飞去，把他的左耳射穿了。伊稚斜吓得丢盔卸甲，狼狈逃窜。

张骞他们冲出了匈奴兵将的包围，和太子於单一起奔赴大汉。

4.抵达长安

在甘父的带领下，张骞一行人冲出伊稚斜部署的重围，继续向东南方向奔去，没想到又与须卜禄的大队人马遭遇。原来须卜禄接到了伊稚斜的命令之后，避开与右贤王为首的匈奴兵将的混乱厮杀，直奔东南方向。他判定无论是太子於单还是张骞一定会朝这个方向奔逃。

这一次，他赌对了。须卜禄远远地看到几匹战马狂奔，便断定是太子於单。他没等张骞一行人跑到近处便命令兵士们放箭袭击。几个人伏在马上一边用刀抵挡飞来的箭羽，一边躲闪。

贺兰诺敏的左臂中箭，她忍着疼痛继续用右手抵挡着。张骞见状，驱马赶到，替贺兰诺敏抵挡。

须卜禄见弓箭无法奏效，眼见着张骞等人冲杀过来，便一声令下，自己打头阵，率领众兵士杀过来。

张骞拼死护卫着贺兰诺敏，夫妻二人合力对抗着匈奴兵将。

甘父一声长啸，须发在空中飞舞，他怒吼着，挥刀向匈奴兵将砍去。太子於单也使出全力与匈奴兵士拼杀。

须卜禄催马直奔太子於单而来，太子於单体力不支，根本不是须卜禄的对手，眼见着须卜禄占得上风。甘父看到，掉过马头，直接朝须卜禄冲来，张骞和贺兰诺敏也前来协助，四人力战须卜禄。

看着须卜禄难以抵挡，贺兰诺敏大喊：

"只要你不再苦苦相逼，我们可以放你一条生路！"

须卜禄不听，被甘父一刀砍在臂膀上，疼痛难忍，摔下马去。太子於单想要结果须卜禄的性命。

张骞阻拦：

"算了，夫人说得对，且饶他一命。"

大家住手，须卜禄苦笑一声：

"敏儿，谢你不杀！可匈奴人只有战死沙场，哪有苟且偷生？"

说罢，须卜禄横刀要自刎，甘父手快，一箭射落须卜禄手中的刀。

甘父朗声喝道：

"匈奴战将确实不能苟且偷生，但要看是否为正义而战，你助纣为虐，一意孤行，就是为此而死也会成为世人笑谈！"

须卜禄羞愧难当，张骞一行人打马而去。须卜禄手下的兵将欲追赶，被须卜禄摆手制止。

张骞等四人突破了匈奴人的重重封锁，离汉地越来越近。面对不知的前路，四人哪敢耽搁，拼命狂奔。

终于，他们逃出了匈奴的领地。面对着茫茫天宇和大汉辽阔的草原，张骞仰天长叹一声：

"大汉，骞已归来！"

踏上了祖国的土地，张骞万分的欣喜。十余载的风风雨雨，十余载的忍辱负重，十余载的颠沛流离，现在张骞能卸下一切防范，自由地呼吸一下祖国的空气。

他双膝跪下，捧一把泥土，贪婪地嗅着，又像孩童一样，拉着贺兰诺敏的手，在草原上跳着，笑着。

贺兰诺敏第一次看到张骞如此，她的脸上也洋溢着动人的笑意。

"到家了！终于到家了！你知道吗？大汉对我来说意味着什么吗？"

张骞认真地对贺兰诺敏说。

"国就是家，家就是你无论走到哪里都想要回去的地方。"

"敏儿已经没有了家。"

贺兰诺敏话没说完，声音哽咽着，眼眶也湿润了。张骞知道夫人又想起了留在匈奴的小儿张斯翰了。

张骞把她揽入怀中：

"敏儿，以后，这就是你的家。"

张骞归汉的消息，早就传到了长安城。汉武帝听到禀报后，大喜。他没想到时隔十余年，张骞居然能够活着回来。

汉武帝高兴之余，传御旨令长安城百姓夹道欢迎凯旋的英雄，并在宫中大摆筵席，为张骞接风。

　　长安城通往长乐宫的官道上，张骞、贺兰诺敏、甘父、太子於单四人步履稳健地走着。他们在长安城百姓的簇拥和欢呼下，缓步进入长乐宫。汉武帝站在宫门外亲自迎接。

　　张骞等人俯身上前跪倒，行君臣之礼：

　　"臣张骞出使西域归来，叩见陛下。"

　　汉武帝上前搀扶起张骞：

　　"张骞出使西域完成朕委以的大业，朕心甚阅。快快与朕说说，这十余载光阴，卿是如何度过的，又何以不忘使命，完成朕之所托？朕太想知道了。"

　　张骞又俯身跪倒，埋首回答汉武帝的问题：

　　"臣实在无颜面见陛下，陛下委以臣的大业，臣未完成。不过臣此次从匈奴带回被追杀的匈奴太子於单。"

　　接着张骞就把自己被匈奴幽禁十年后逃脱，前往大月氏国，返回途中又被匈奴人抓获，以及军臣单于病故，伊稚斜篡位，太子於单被追杀等匈奴最近发生的内乱翔实向汉武帝做了禀报。张骞并谏言让匈奴太子先留在大汉，待时机成熟再举兵讨伐，帮於单夺回单于之位，以完成匈奴和大汉两国修好之事。

　　汉武帝听后，连连点头。

　　接着，汉武帝当着满朝文武的面，册封张骞为太中大夫，甘父为奉使君。

　　张骞和甘父双膝跪拜：

　　"谢陛下隆恩，受之有愧。"

汉武帝摆手示意，进一步说：

"虽然没有能够联系到大月氏共击匈奴，但是此次出使，却弘扬了我大汉雄风。况被幽禁十载，仍然矢志不移，不忘使命，继续前往大月氏国，朕心甚慰。朕的大汉有尔等忠义良臣，朕岂能不赏？"

张骞和甘父等四人走出长乐宫。站在宫门之下，张骞仰头观望。十多年前，张骞出使，汉武帝相送至此。出使团的一百多人，因战乱和疾病，最后归来的只有张骞和甘父。

面对旌旗招展的长乐宫门，回望所经历的许许多多，张骞百感交集，他轻轻地叹了一口气。

"老大人陈忠，活泼可爱的素阳，憨厚朴实的侯宇迟，出使团一千人等，你们死有所值，忠贞可鉴……"

甘父也是一脸的凝重，他问张骞：

"兄长，一身风霜，青春流逝，一行可曾后悔？"

张骞抬起头，望着城墙上招展的大汉军旗，表情释然地笑了。

长安城内，依然是一派繁华。车水马龙的大街在张骞的眼中丝毫没有一丝喧闹之意。酒肆门前的灯火也不像从前那般刺眼，它流泻出一种温暖与安逸。那些走在街市上的陌生的面孔，在张骞的眼里都是如此熟悉、亲切，这都是他同宗同源的亲人。没有身在异国他乡的经历，是难有如此的体会，有这么深刻的家的感觉的。

　　贺兰诺敏也被长安城空前的繁荣吸引了，她看着五颜六色的灯火，花枝招展的人们，摆摊儿的、算卦的、卖艺的、唱曲的，以及琳琅满目的食物，这一切让她眼花缭乱，一切都是这样新奇。

第八章

≈

屡建大功

1.大败匈奴

军臣单于死后，其弟左谷蠡王伊稚斜自立为单于。伊稚斜单于即位之后，对大汉边郡进行了更加频繁的袭扰。元朔三年（前126年）夏天，匈奴数万铁骑疯狂入侵代郡，代郡太守被杀，数千余人被匈奴掠走。这一年入秋，匈奴又入雁门关，杀掠千余人。第二年，匈奴兵分三路，入代郡、定襄、上郡，杀掠数千人。

为了打击匈奴的嚣张气焰，元朔六年（前123年），汉武帝派张骞跟随大将卫青出战漠南。大漠比草原更加荒无人烟，烈日下，孤直的胡杨在沙丘中挺立。茫茫的沙海，起伏着岁月的沧桑。怒吼的风涛，激荡着远征人的号角。在这浩瀚的大漠之上，一队人马在迈着坚定的步伐行进。

天空中，一轮骄阳，暖暖地照着脚下的路。一只苍鹰，击破云翳，直上云霄。队伍中旌旗飘荡，驼铃与马嘶，不时地划破寂静，在一片沙海中奏出音响。

张骞跨上战马，与卫青并肩而立。他望着一望无际的黄沙，眼前浮现出自己出使西域的场景。

"张大人，这是我军第一次在荒无人烟的大漠作战，这茫茫戈壁，一览无余，连个遮挡都没有。我怕将士们不适应啊。"

卫青望着一望无际的沙漠，叹了一口气。

"卫将军不必多虑。骞身在大漠十年，熟悉匈奴人的生活习性，也适应了这荒无人烟的自然环境。有我在，您大可放心。"

张骞胸有成竹地对卫青说道。

卫青点了点头，对张骞说：

"那就有劳张大人了。青佩服张大人的义胆忠心，是男儿就该有张大人这样的气魄和肝胆。言出必行，一诺千金。"

"岂敢岂敢。"

大汉的十万大军在卫青的率领下，浩浩荡荡地行进着。张骞和甘父跟从大将军卫青一直向北行进，他们的目的是进攻盘踞漠南的匈奴右贤王的军队。

将士们风餐露宿，白天要忍受着难耐的酷热高温，夜晚又要饱尝大漠之风的侵袭。两日过去了，队伍行进速度越来越缓慢，饮水成了首要的问题。不仅是十万将士的饮用水，还有马匹、骆驼也需要补给。可是茫茫大漠一片黄沙覆盖，到哪里去找能够饮用的水？汉军官兵瞬间被难住了。

卫青找到张骞，让张骞帮他想对策。

"张大人，眼看着我军已进入沙漠深处，随身携带的给养和水源不足，而这茫茫戈壁，哪里有可取的资源，大人可知？"

"卫将军莫急，知水草处，军得以不乏。你看那些沙漠上的植物，虽然表面光秃秃的，但根基却非常发达，它把水分全部储藏在了根系中，那就是水源。草多的地方，便是我们要去的地方。"

果然如张骞所说，队伍顺着水草丰沛的地方往前走，远远地就看到了一片绿洲。

就这样，张骞根据在匈奴十年的生活经验，以及每天背记的河流山川分布，匈奴军队的特点，动植物的特性等知识，为卫青提供了很大的帮助。

从此以后，卫青每遇困难，便拉上张骞，一起研究。

这日，卫青在大帐中进行兵力部署，他又找来张骞，张骞看了看卫青的计划，急忙建议：

"卫将军，骞以为，我十万汉军可以兵分三路，一路出高阙北进，从正面迎战右贤王的军队；再从中分派出一路直捣右贤王的王庭。这样两面夹击，让右贤王没有回转余地。另一路进击左贤王，牵制住左贤王的兵力，以便他不能策应。让伊稚斜失去他的左膀右臂。"

卫青沉思片刻，对张骞说道：

"贸然深入，这可是兵家大忌。如果退不出来，我军一定会遭受巨大损失。"

"骞以为，兵家胜在出其不意，攻其不备。"

卫青点了点头，他思考了很久，终于采纳了张骞的意见。由卫青率领三万人，出高阙北进，从正面迎战。再由游击将军苏建、强弩将军李沮、骑将军公孙贺、轻车将军李蔡四位将军统领五万大军，出朔方，直接进攻右贤王的王庭。

诸位将军接到命令，便率领军队火速出发。苏建等四位将军率领汉军突进匈奴腹地八百里，乘夜深人静，悄悄包围了右贤王的王庭。

正在帐殿中饮酒狂欢的右贤王做梦都没想到，汉军会突然从天而降。他以为王庭距大汉路途遥远，汉军不可能奔袭至此。随着汉军的喊杀声一步步逼近，右贤王才从睡梦中被唤醒，右贤王在没有任何防备的情况下几乎全军覆没。

损失惨重的右贤王根本没有还手之力，他只能眼睁睁地看着自己数万人的军队成了汉军的俘虏。他慌慌张张地携爱妾，带着一百精骑突围逃走。此战，汉军俘获右贤王部众一万多人，裨王十余人，牲畜数十万头，大获全胜。

十万大军班师回朝，这是大汉军队第一次出塞御敌取得丰硕战果。汉武帝龙颜大悦，封卫青为大将军，张骞为校尉。

匈奴右贤王失败后，伊稚斜单于极不甘心，这一年的秋天，伊稚斜亲率一万骑兵悄悄侵入大汉境内，伺机进行疯狂的报复。

卫青率领汉军正面迎杀，一场异常惨烈的厮杀开始了。匈奴兵将损伤过半，汉军也损失惨重。

校尉张骞带领手下兵士与伊稚斜杀在了一处。双方大战了几个回合后，伊稚斜佯装打不过，带着匈奴兵将撤退。张骞率众一路追讨，行至一处松岗，匈奴人马突然不知去向。

正在这时，忽见一匹战马从松岗后面走出，甘父正准备拉弓射箭，被张骞一把拦住。只见马上坐着一个少年，这少年的身上缚满绳索。张骞定睛一看，正是自己朝思暮想的儿子小斯翰。

"斯翰！我儿别怕！爹在这里！"

张骞的老泪纵横，张开双臂不顾一切地朝小斯翰扑了过去。他怎忍心再一次将儿子抛下。

这时，埋伏在松岗后面的弓箭手早已搭好弓箭，百余支弓箭对准张骞。

"爹！快跑！有埋伏。"

小斯翰嘶哑着喉咙，向张骞大喊。

说时迟那时快，还没等小斯翰的声音落地，百余支箭羽齐发。张骞急忙躲闪，一旁的甘父也冲过来，用刀抵挡着乱箭。这时，张斯翰已经被拉到马下，只见伊稚斜把刀架在小斯翰的脖颈上，他恶狠狠地对张骞说：

"我以为张校尉只会出谋划策，不会轻易中计呢？原来不过如此。张汉使，别来无恙啊。"

张骞怒目而视，他轻蔑地看了伊稚斜一眼：

"伊稚斜，你为单于之位，不惜毒害兄长，追杀侄儿。如今又掠我小儿，逼我就范。尔等奸佞小人怎配做一国之君，怎会给黎民百姓带来福祉？你就是魔鬼，是残忍无比的刽子手。你只会让你的国民饱受战乱之苦。"

张骞此言一出，惹得伊稚斜一阵狞笑：

"好你个张骞，我倒要看看，你的家国重要还是你的儿子重要。"

此时，忍无可忍的甘父再次冲上前去，试图救出小斯翰，可是他刚一站稳，埋伏的弓箭手再一次数箭齐发，他抱着肩膀受伤倒地。

这时，一阵号角声响起，只听得喊杀声响成一片，卫青率汉军赶到。老谋深算的伊稚斜一把掠过张斯翰，在弓箭手的掩护下，骑马逃窜。

张骞眼睁睁地看着自己的儿子再一次被伊稚斜掠走，他的内心如刀割般疼痛。他慢慢地俯下身子，狠命地用头撞击着旁边的松树树干：

"儿啊，爹对不起你！爹无能，无法保护你！"

说完，便一头栽倒在地。

此战役，汉军又大败匈奴。可张骞没能救回儿子张斯翰，自此，张骞再没有得到儿子张斯翰在匈奴的消息。

张骞在此次漠南战役中立功，被汉武帝封为博望侯。

2.出使西南

被加封博望侯的张骞又回到了长安，为表彰张骞的功绩，汉武帝又封地赏赐。此地地处南阳盆地，取名博望，取功高盖世，博得众望之意。汉武帝对张骞极为赏识，凡遇国事，时常请教张骞。

张骞耿直谏言，一丝不苟的作风，遭到了一些趋炎附势的朝臣们的嫉恨。

这一日，早朝之上，张骞又向汉武帝谏言：

"陛下，臣在大夏时，看到大夏国商人在售卖蜀布和邛竹杖，臣顿觉好奇。大夏距长安万余里，而蜀又在长安千里之外，不知这蜀布是怎么到的大夏？臣从商人处得知，这蜀中之物是从身毒国买来的。身毒国在大夏的东南，距大夏几千里。从身毒到长安的距离应不会比大夏到长安的距离更远。臣由此判断，这身毒国有蜀物，定然也不会离蜀太远。那么从蜀往西南行，另辟一条直通身毒的路线，再经大夏到大月氏、大宛等国，以避开羌人和匈奴人带来的危险。"

张骞的话音刚落，一朝臣站出来反对：

"起奏陛下，大月氏在长安西北，张大人却要取路西南，这分明是南辕北辙，不可取也。"

又有朝臣凑热闹：

"身毒国到底在哪儿？这些都是张大人的推测罢了，贸然派人出使，难道再像张大人一般转悠个十年八年？"

此官一番话，惹得满朝文武哄堂大笑。

汉武帝摆了摆手，示意大家停止哄笑。他正色道：

"朕以为未尝不可。凭大汉一己之力欲击匈奴，人单势孤。只有联合匈奴周边国家，方能治敌。而匈奴现如今腹地纵深，面积辽阔，唯有四面夹击，才可削弱其实力。取道西南是个好办法，这样既可以避开匈奴的伏击，又可以打开西南通道，让更多的国家，知道我大汉的威仪。"

皇帝金口一开，众朝臣哪里还敢哄笑，便纷纷闭上嘴巴、低下头，默不作声。

"朕派你置犍为郡，以便出使西南夷。"

西南夷有众多的少数民族聚居，包括蜀西南、青海南部、西藏东部、滇、黔等地。战国时期，楚国将军庄蹻顺着长江而上，一直打到滇池，使肥沃富饶的滇池地区归属楚国。后因道路阻断，无法回归楚国，他便在滇自立为王，建立滇国政权。

汉武帝初年，也曾先后派遣官吏开发西南夷，后因全力对付匈奴，停止了对西南的经营。今天，张骞的进言，让汉武帝又萌生了出使西南夷的愿望。

在汉武帝的全力支持下，张骞前往蜀南，在那里亲自主持出使西南的事宜。

张骞用一年的时间，带着甘父，深入百姓之中，了解当地的风土人情，山川河流分布情况，以及少数民族地区的生活形态，为出使做着精心的准备。

张骞也采取了当年汉武帝招募他的办法招募人马。张骞在府门外设立了报名台，贴上了报名告示，告示贴出了好几天，居然没有一个报名的。张骞无奈，便又在下面贴出：凡初试合格者，赏赐良田五顷，耕牛一匹。

这下子，报名者真是踊跃，但很多人是冲着地和牛来的。附近的百姓纷纷出动，大家开始绘声绘色地传告。结果到了最后居然传成了：

"大家快来呀！博望侯送耕牛了。"

甘父坐在应试台上，成了主考官，应试者除了要达到必备的身体要求之外，还要识得百草，知晓夷人习性，最特别的一条，就是要会使用弓箭。

张骞看罢，笑着对甘父说：

"这最后一条就算了吧，你以为都是你啊？都有弯弓射雕的本事？"

甘父却据理力争地说：

"不会弓箭，至少得会一种兵器，得知道如何御敌和保护自己，否则，不是白白送命？"

"好好好，那就随你！反正你得负责给我招上人马，不然我就派你去。"

甘父挺了挺胸膛，不服气地回答：

"兄长，我去也行，只要你不怕吓跑夷人。"

"那不正好，跑了就不用打了。"

张骞说完，自己先笑了。

人马总算是凑齐了，这次张骞吸取了第一次出使的教训，没有带更多的人，而是把队伍化装成商队，尽量简化随身装备，轻装前进。虽然队伍中没有甘父这等身强力壮的骠勇之士，但也都神采奕奕，颇有临战御敌的士气。

张骞和甘父率领百余人的队伍，前往西南夷。这次张骞没有亲自带队，而是坐镇指挥。他把队伍分成四路，在每路人员中挑选出一名队长，每支出使队伍均配有向导和翻译。第一路从蜀中出发，向青海南部进发；第二路从蜀中出发再进入西藏东部；第三路从蜀中出发往西南行进；第四路从蜀南出发入滇。他们的目的地都是身毒。

四支队伍出发了，前行的道路曲折艰险，且前途未卜。使者们不仅忍受着自然条件的考验，还要面临夷人的围追堵截。每行进一里就会多一份危险。四支队伍在行进中，均遭到了阻击。

第一路使者行至氏族聚居区，遭遇氏人的围击，剩余的使者杀出重围，逃回。

第二路使者行至筰人部落，被筰人追杀，一路逃回。

第三路使者行至蜀西南，还未走出蜀地，便被重重大山阻断，受阻于禹地，无功而返。

第四路使者终于跋涉数千里入滇，进入昆明一带，因道路阻隔，向导和翻译被夷人所杀，人地生疏，语言又无法交流。无奈，剩余使者返回巴蜀。

看着逃回的使团使者们，张骞没有责备，他对大家说：

"我第一次出使，出发时浩浩荡荡的百余人队伍，归来时，只剩我和甘父两人。一路的困难和凶险，我全都尝过，你们能活着回来就是胜者。"

队伍在蜀中稍作休息后，张骞便亲率剩余的几十人，在甘父的跟随下，准备再次南下，秘密前往夜郎国进行考察。

经过一番艰苦努力，张骞的队伍终于到达了夜郎国的边境。张骞命队伍停下；在距离夜郎国城门不远处安营扎寨。

张骞派人带着通关牒文去夜郎国办理通过事宜，却遭到夜郎国的拒绝。夜郎国是一个不起眼的小国，疆域面积小，人口也不多。可是他们没见过世面，不肯相信外面的世界很大。对于张骞的请求，夜郎国国王一口回绝。甘父气得威胁国王，说汉朝人多马壮，不放行就硬闯。这引得夜郎国人一片大笑，他们都觉得甘父是在吹牛。

张骞见很难通过此地，便上报汉武帝，建议在西南设置西南郡，以完成对蜀西南地区的开拓。他自己则带领使团继续在夜郎国的周边考察，寻找通行之路。

3.夜郎自大

张骞一边等待着汉武帝的圣旨，一边在夜郎国的周边考察，欲寻一条前往身毒国的路。夜郎国这里的气候湿热，树林茂密，蚊虫和毒物较多。使团成员们不堪蚊虫的叮咬，加上不适应这里湿热的空气，皮肤开始溃烂。

甘父的身上也被蚊虫叮咬得溃烂不堪，他忍不住，不停地在自己的胳膊和大腿上抓挠着。这样还是很难受，他索性从箭囊中拔出一枚箭羽，用箭头使劲往蚊虫叮咬处刺去，试图缓解难耐的瘙痒。

眼看着团员们的士气开始低迷，张骞见状，心急如焚。

这一日，张骞在驻地旁边的树林里舒展拳脚，远远看见一个农妇在树林中采撷一种低矮的植物的叶子。他觉得很奇怪，便尾随农妇而来。他顺着农妇采摘的植物看去，发现树林里这样的植物很多，这种植物叶片很大，一丛丛伏地而生。张骞顺手摘了一片，放在鼻子下闻了闻，这叶片散发着一股难闻的气味。张骞皱了皱眉，嫌弃地将叶片丢在了地上。

强烈的好奇心驱使着张骞，他继续尾随农妇来到了一处简陋的院落，只见院子里晾晒了很多这样的叶片。

农妇把刚摘下来的叶子，摊在地上，自己则走进了屋子里。

张骞等了半天，不见农妇出来，他也不好直接进去打扰，便准备离开。这时，门开了，张骞闪身躲了起来。一个赤着上身的男人从屋中走了出来，他的后背和肩膀敷满了烂乎乎的叶子。

张骞恍然大悟。他乐颠颠地往回跑去。

他跑进了刚刚的那片树林，学着农妇的样子，一片片地摘下有难闻气味的不知名的植物叶片。当他抱着一大堆叶子返回驻地时，甘父用带着疑问的目光一直盯着他。

张骞找出一个钵状容器，把叶片放进去，拿刀柄用力捣着。一旁的甘父不知道张骞这葫芦里到底卖的什么药。他盯着张骞，一言不发。这么多年，他已经习惯了张骞这与众不同的头脑。

可是，当张骞捧着捣好的绿叶汁走到甘父面前的时候，甘父还是忍不住问了一句：

"兄长这是要干吗？"

张骞没有回答，上前便脱去甘父的衣服，将绿色的汁液敷在了甘父身上。

甘父满身都流淌着绿色的液体，浑身散发出一股难闻的气味，众人见状，一个个都掩鼻而去。

甘父皱着眉头，默默地忍受着。这样还不算，张骞又把甘父推到林子深处，找了一处蚊虫最多的地方，让他赤着身子，在竹林里站立了很久。

甘父这才弄明白，原来张骞是在拿他做试验。他气得哇哇大叫。

说也奇怪，当甘父重新回到营地时，他发现身上居然没有一处被蚊虫新叮咬的痕迹。张骞高兴地喊道：

"神了，神了。"

他赶紧命人去树林里采摘这种叶子，并叫大家捣碎敷上。蚊虫不咬了，连溃烂的地方也不痒了。

从那以后，大家每天都要去树林中找叶子，然后捣碎敷上。这样一来，免去了许多痛苦。

张骞还让大家把敷不完的叶子晾干，收好，以备不时之需。

听说丛林里经常有野人出没，张骞不敢大意，便让使团成员们轮流守夜。

这一天，轮到甘父值班，困意上来了，他瞪着眼睛坚持着。他顺手从怀中探出晾干的叶子，在手中把玩，又伸到鼻尖，轻轻地嗅着。他索性取火把叶子点燃，奇怪的是这种味道居然能够提神解乏，甘父顿感神清气爽。

甘父把这个发现告诉了张骞，张骞便派人大量采摘这种叶子。晾晒前一张张铺好捆扎，这样一来方便收藏，二来方便点燃。张骞找到不少这种植物的种子，他把这些种子也都收藏了起来。

出使团的一大困扰就这样被解决了。张骞他们继续向丛林深处进发。丛林中，树高林密，一片静幽。茂密的丛林阻隔了外界的喧嚣，浓密的绿荫带来一阵阵凉意。可是越往里走，雾瘴越浓，光线越暗，俯首是树，抬头还是树。走着走着，大家就在丛林里迷路了，怎么走也走不到头。恰巧，前面有一处开阔地，队伍坐下来准备休息片刻。

这时，听得一阵野兽的叫声，大家一惊。还未来得及防备，只看见一个披头散发、赤身裸体的怪兽从丛林深处飞奔而来。

野人？众人看到后，脑子里闪现的就是这两个字。只见这怪物像狼一样匍匐着，他警惕地盯着大家，一时不知道应该向谁进攻。甘父偷偷从后背摘下弓箭，正欲向他瞄准，只见这野人一声咆哮，便向甘父直扑过去。还没应战准备的甘父，被野人扑倒。野人张开血盆大口正准备朝甘父咬去，张骞抢上前去从野人后背就是一拳。

野人撇下甘父，转过头来又朝张骞扑去。张骞躲闪，野人再扑。甘父趁机又从背后向野人进攻，野人又转头对付甘父。就这样几个来回，野人被他俩给转悠懵了。还没怎么打，野人就被制服了。

野人口中不住地号叫着，手还比画着，好像要跟张骞说些什么。可是大家根本听不明白他的表达。

野人找来一根树枝，在地上画着。他先画了一个小孩，又画了一个房子、一只狗，狗的嘴里叼着一个小孩。

张骞指着野人画的图案中的小孩，然后又指了指野人：

"这个孩子是你?"

野人点了点头。

张骞又指了指那只叼着小孩的狗，又指了指丛林，问野人：

"你从小被野兽叼走了，所以在丛林中做了野人。"

野人又点了点头。

"那你的家在哪里呢?"

张骞指了指房子，又指了指野人。

野人摇了摇头，神情黯然地低下了头。

张骞看着野人，轻轻拍了拍他的后背，然后对甘父说：

"看样子野人应该是夜郎国人，我们带上野人去见夜郎国国王，就说野人被我们抓到了，让他帮忙找野人的父母。"

"抓到野人，夜郎国国王就能见我们?"

甘父有些犹豫地问。

"应该可以。"

果然如张骞所预料，当守城兵将向夜郎国君通报后，夜郎国国王真的要亲自召见他们。

张骞带着野人步入夜郎国宫殿之上，深施一礼：

"汉使张骞拜见夜郎国国王陛下。"

"汉使?"

"骞从汉朝而来。"

张骞看着国王费解的样子，以为他没听清楚，便又说了一遍。

"汉朝是哪里?"国王又问道。

"陛下,在夜郎国的东北方有一个疆域辽阔的大汉王朝。骞就是从那里来的。"

"疆域辽阔? 那汉朝跟我们夜郎国比起来,哪个大呢?"

"这?! ……"

夜郎国国王此番发问,令张骞一时语塞。

国王哈哈大笑:

"夜郎才是天底下最大的国家,我们可没听说过什么汉朝。你说你们人口众多,为什么才来这么区区几十人?"

张骞无奈,自知无法跟这个夜郎国王沟通。张骞把野人的事情向国王做了汇报,当说到野人小时候被野兽叼走,国王立即从座位上站起。他颤巍巍地走到野人身边,叫了一声:

"钦儿,我儿!"

接着抱着野人大哭起来。野人好奇地看着国王,竟然用手擦去了国王腮边的泪水。

原来这野人就是夜郎国王的小儿子。在他五岁那年,宫里人带他在丛林边玩耍,他被丛林中的母狼叼去。夜郎王一直以为自己的骨肉早已被野狼吞吃,谁料,十年之后,儿子居然被找到了。

夜郎国王与儿子父子相认。他连连感谢张骞:

"张汉使,你可是我儿的救命恩人,请上座,让寡人好好拜谢。"

张骞忙躬身行礼：

"陛下折煞骞也。实乃机缘如此，不必言谢。骞此次来夜郎国，实为借道去身毒国。夜郎是通往身毒的门户，还望国王陛下恩准我等从此处经过，骞便感激不尽。"

"张汉使，这个不必说，都是小事情。今天是寡人最开心的日子，寡人要举国同庆，庆祝我们父子重逢。"

宴席上，张骞向夜郎国王绘声绘色地介绍大汉王朝，从历史到人文再到疆域面积，河流分布等。夜郎国王听得目瞪口呆。他怎么也没有想到，原来就在离自己不远的地方居然有一个这样强大的大汉王朝存在。

张骞出使西南夷，对西汉王朝加强与滇国、夜郎国及其他部落的联系具有重要的意义。

4.削职为民

元狩二年（前121年），匈奴再犯大汉边境，百姓屡遭劫掠，民不聊生。为打击屡屡进犯的匈奴人，扬大汉雄威，汉武帝觉得经过多年的准备，时机已经成熟，可以与匈奴一战。他先后派出大将军卫青、飞将军李广、骠骑将军霍去病、骑将军公孙敖等将领出征，分兵击杀匈奴。

张骞又被汉武帝派出，出任校尉，与飞将军李广出征右北平。大军向东北方向进发，一路势如破竹。匈奴兵将在李广率领的汉朝军队的进攻下，屡战屡败。张骞感觉情势不太对，这与他所了解的匈奴人的特点不相符，便向李广建议：

"李将军，匈奴人狡猾，我们要慎重行事，以防匈奴有诈。"

可李广却哈哈大笑，他不屑一顾地对张骞说：

"张校尉，击杀匈奴还得靠真刀真枪地疆场拼杀，靠嘴皮子和鞋底子是解决不了问题的。而今我军士气正盛，理当乘胜追击。胡人只懂骑马耍大刀，哪里懂得狡诈之术？我看你是被他们幽禁了十年，胆子被他们吓小了。"

因出使西域而得到汉武帝赏识的张骞，在李广的眼里却不足为奇。在他的眼里，张骞不过就是个说客而已，所以张骞的建议时时遭到李广的拒绝。而张骞也是一副倔强脾气，说话一向直来直往。李广将军的性格跟卫青完全不同，这叫张骞深感头疼。

李广武功高强，夜晚巡视，听闻军营外草木有动静，误以为是敌兵刺探，仔细观望，发现不远处似有一只老虎。兵士吓得逃跑，李广哈哈大笑，他不慌不忙，一箭射去。第二天天亮，兵士们去草丛中寻找箭羽，没有发现老虎，倒是看到李广的箭射在一块白色的大石头上，箭身射进岩石很深。兵士们都叹服李广的本事，李广听了赞叹内心很得意。

　　这段事迹被后来的史学家司马迁记述下来"广出猎，见草中石，以为虎而射之中，中石没镞（箭头），视之，石也。"唐代诗人卢纶根据这段记述，又写过一首著名的诗句：

　　　　林暗草惊风，将军夜引弓。

　　　　平明寻白羽，没在石棱中。

　　这一日，军队追至隘口，张骞又向李广进言：

　　"李将军，我军行进速度不能太快，这样深入腹地，恐后援跟不上。如果此时让匈奴断了后路，那后果不堪设想。"

　　李广仍然没有理会张骞的提醒。他依然一意孤行地率领汉军长驱直入。

　　而李广真的不知，这一切都是镇守东北要塞的匈奴将领栗藉归的有意安排。栗藉归凶猛狡诈，素以智谋过人、飞扬跋扈而著称。他手下的四员副将鹰、虎，狼、蝎，个个残暴凶狠，杀人成性。他们佯装落败，节节后退，以诱使李广一步步地进入他们的埋伏圈。

　　多年以来，栗藉归带领匈奴兵将屡次进犯大汉边境，屡次得手。他们的特点就是以速度取胜，占到便宜就走，绝不恋战，而且出手凶狠无情，令汉军叫苦不迭，无力迎战。

　　张骞出征之前早已对此人做了一些了解。他料定栗藉归绝不是个等闲之辈，不会轻易让汉军达到目的。可是李广刚愎自用，仗着自己将门之后的身份，把什么都不放在眼里。张骞看在眼中，急在心里。

甘父这次也跟随张骞出征，他被编到了副将韩琦的手下。韩琦得知甘父是匈奴人，暗地里唆使兵士们孤立甘父，并经常出言不逊，对甘父讥讽辱骂。耿直的甘父不堪忍受，有一天与韩琦发生了争斗。韩琦被甘父打伤了头部，他捂着流血的伤口找到李广告状。

"李将军，那甘父本一胡人，怎会与我等一起抵御胡人？前日，我亲眼见他在战场上放走了一员匈奴小将。今日，我与他据理力争，谁料他竟然出手打伤我。李将军，这样的匈奴奸细，我们何以留在军中？"

李广听完，转身对张骞道：

"张校尉，甘父是你的人，又是个胡人，更是陛下亲封的奉使君，我不敢处置。我把他交给你了，该打该杀你看着办吧！"

张骞明知那韩琦和李广的用意，却无法在众人面前替甘父脱罪，便忍痛责罚甘父。甘父被兵士们拉下，杖击五百。

甘父一怒之下，忍着剧痛绝尘而去。张骞知道后，策马飞奔。他追出去十多里，也未发现甘父的影子，无奈只好归队。

张骞制订的诱敌计划，没有得到实施。韩琦暴露了汉军的行踪，近在咫尺的匈奴兵将没有进入汉军的埋伏圈。李广与张骞发生了分歧，李广决定与张骞分兵出击，由他率领五千精兵打头阵，张骞负责策应。张骞虽然不同意他的决定，但是军令不可违，他只能勉强接受。

李广带领五千精兵继续寻着匈奴人的逃窜方向一路追杀。张骞苦苦相劝李广不得，便飞鸽传书给李广，不断提醒李广万万不可大意。可是求胜心切的李广哪里听得进张骞的规劝，反而回书讥笑张骞胆小如鼠。张骞无奈，只能带领自己的人马，星夜兼程，抓紧时间跟上李广的行军步伐。

栗藉归放出的驯鹰捕获了张骞的飞鸽传书，得知张骞已经识破匈奴的计谋，便使出苦肉计，命手下的虎王带人从正面迎战。李广不知是计，大败虎王，并将虎王斩首示众。这一下，汉军军威更是大振。李广乘胜追击，继续追剿匈奴狼王部众。

张骞心中大呼不妙。这一切都如他的预料，全都是狡猾的栗藉归的安排，他知道飞将军李广定然凶多吉少。他立即命令队伍连夜启程，继续追赶李广部队。

离开队伍的甘父，依然惦记着张骞的安危，他没有回匈奴，更没有回大汉。他在附近盘桓一阵后，便驱马继续向东北方向行进，追赶张骞的队伍。

栗藉归把所有凶悍的副将全部召集起来，阻挡张骞驰援。张骞知道栗藉归要拖住自己，他迅速做出了反应，先将手下的一万多大军化整为零，分成若干小队与前来阻挡的匈奴兵将战斗，自己则带上五千精兵，继续北上，驰援李广。

此时的李广早已陷入匈奴兵将的重重包围之中。他看到栗藉归亲自坐在战马之上，一副志在必得的神情，身后一万多匈奴兵将前呼后拥，他知道，自己上了栗藉归的当。

他边退边战，最后退到山丘之下，固守待援。可怜他的五千精兵，被挤在这弹丸之地，无法施展。

张骞昼夜追赶，情急之下，竟然迷失了方向。正在他一筹莫展之际，甘父已站在山坡上远远地看着老搭档。

张骞大喜，大喊一声：

"义弟！我就知道你不忍弃我而去。"

说完便打马上前迎接甘父归队。大敌当前，两人哪有时间细话离别，又马不停蹄，一路杀向李广被围处。

随着栗藉归一声令下，匈奴兵将虎狼般地冲向李广的军队。汉军将士们拼死厮杀，无奈寡不敌众，加上连日奔袭，人困马乏，将士们纷纷倒下。李广仰天长叹：

"悔不该当初不听张骞提醒。如今大势已去，将士们，就是杀身成仁也不能做匈奴之虏。"

李广说完，便撩起战袍，向南方跪拜：

"陛下，李广无能，愧对大汉朝廷，愧对黎民百姓，愧对五千将士，再无颜面回到大汉。"

可怜一代名将，拔出宝剑就往自己的脖颈上一横。突然一声响箭掠过云端，李广手中的宝剑被飞箭击落在地。没等李广反应过来，张骞和甘父率领的五千精兵已拍马赶到，冲入匈奴兵阵。

栗藉归率众拼死抵抗，一时间，喊杀声划破了天空。经过一番殊死较量，双方损失惨重。张骞和甘父救下李广，便带领余下的队伍突围出去。

栗蓊归追出数百里，见张骞早已和分散的部队会合，面对人数渐多的汉军，他无意恋战，便调转了马头。

此战，因李广的刚愎自用，汉军损失惨重。汉武帝大怒，把责任归到了张骞处，是张骞贻误战机，不听调遣，没能及时制止李广的一意孤行，致使汉军八千将士葬身匈奴刀下。念张骞对大汉有功，除侯爵以顶死罪，身份降为平民。

张骞决定即刻动身，回老家城固。

长安城外，荒草萋萋，落日凋零。李广满眼清泪，跪别张骞：

"害张大人至此，广羞愧难当。这一别，广更无有报答的机会了。"

张骞扶起李广，释然道：

"李将军，骞至死无憾。匈奴不除，安有你我的好日子？李将军重任在肩啊！"

辞别李广，张骞踏上返乡的征程，这一年，他四十二岁。

第九章

≈

再访乌孙

1.二次出使

　　李广兵败，汉武帝因张骞救援不力，迁怒于他，直接将他贬为平民。张骞被贬以后，并未灰心丧气，他依然关心着天下大事，特别是边关的战局。

　　元狩四年（前119年），汉武帝派大将军卫青、骠骑将军霍去病率十万骑兵，几十万步兵，分别从定襄郡和代郡出发，共击匈奴单于伊稚斜于漠北。卫青北进千余里渡过大沙漠，直抵阗颜山。霍去病深入匈奴腹地一千公里，追击匈奴左贤王到狼居胥山，直达今天的贝加尔湖。匈奴退出河西走廊，被迫西迁。

　　这时，张骞的第二个儿子张猛出生了。由于不适应汉家的生活习惯，在草原上策马驰骋惯了的贺兰诺敏，离开马背根本不知道该怎样居家。日子久了，她与张骞两个人因为生活琐事开始有了矛盾。张骞爱吃家乡的馍，还有酸辣的食物，每顿饭必吃辣；可是贺兰诺敏喜欢马奶茶，喜欢大口喝酒，大碗吃肉。而这些在汉家一样都无法实现，她开始思念草原，思念至今依然不知下落的小斯翰。

张骞的心思却早就飞到了西域。漠北之战的胜利，让张骞喜不自禁，他那颗报效国家的心又重新被唤醒。他开始彻夜筹谋再次出使西域。他凭着第一次出使西域的记忆，把出使路线一张张地绘制成图，包括河流山脉的走向、气候特点、人口的分布等，并附上应注意的问题。

经过一番研究，张骞向汉武帝递上奏章，谏言汉武帝联合乌孙，彻底将匈奴赶出西域。汉武帝被张骞的一颗拳拳之心感动，立即召见了张骞。

未央宫内，已见老态的张骞依然目光炯炯、气质不俗。他向汉武帝行了三拜九叩的大礼。汉武帝赐坐，张骞依然站立，低头答道：

"臣不敢坐。匈奴一日不灭，臣坐立不安。"

汉武帝关切地对张骞说：

"这两年委屈你了。朕当初贬你为民也实属无奈，你可知朕的苦心。"

张骞真诚地回答：

"臣明白。臣复劝陛下允臣再次出使西域。说服乌孙东返故地，以断匈奴右臂。这么多年，乌孙国一直备受匈奴屈辱。匈奴帝国势力现已渐渐衰退，如能再联合乌孙铲除匈奴在西部的势力，我大汉边境就可真的安定了。"

汉武帝连连点头：

"难得你一直不忘朕的江山社稷，朕甚感欣慰。朕任命你为中郎将，亲率三百人，出使乌孙。"

"张骞叩谢陛下。"

出了未央宫，张骞便开始着手招募使团成员。张骞任命甘父为副使，全权负责使团成立的招募任务。

张骞吸取了上次出使的选拔经验，在这次出使成员的选拔上更加有针对性。他要选择有能力、有担当的精兵强将，有素质、有责任感的武将文臣。汉武帝给予张骞完全的自主性，他叫张骞自己决定人员的任用，不委派任何人参与选拔。遇到困难，再由朝廷出面协调。

甘父在汉军中通过考试选拔出两百余名高素质的精兵，这些精兵个个身强力壮，身手不凡；张骞又在文官中选拔出几名晓礼仪、懂大义的大臣；加上夫人贺兰诺敏，还有随从脚夫若干人，三百人的队伍迅速组成了。

汉武帝为使团准备了六百匹马，金银丝帛过万，还有上万只牛羊。庞大的三百人的出使团从长安城出发，浩浩荡荡地向乌孙国进发。

辽阔的河西走廊，草色翠绿，一望无际。此时，这里已属于大汉的势力范围。队伍行至这里，已然没有了匈奴的追兵围堵，牛羊在低头吃草，雄鹰在天空振翅。蓝色的天宇，映衬着绿色的草原，静谧安详。

　　贺兰诺敏骑在马上，望着这片生养自己的土地，不由得潸然泪下。她的内心是矛盾的，此次是她死缠烂打非要跟随丈夫西行。她把刚刚断奶的小儿子托付给仆人照管，自己重新披挂起征衣。她最大的心愿不是同丈夫一起报效朝廷，而是要重新踏上草原，寻找失散的儿子。

　　"国"与"家"——曾经和张骞探讨过无数次的两个字，而今对贺兰诺敏来说就是悲凉。于国，从她随丈夫踏上汉境那一天起，就已经失去了。匈奴对千万汉人来言，就是残暴，就是侵略，就是掠杀。可是无论她怎么改变，她的身上仍然流着匈奴人的血。于家，被伊稚斜掠走的斯翰无时无刻不撕扯着做母亲的一颗心。张猛的降生丝毫没有缓解她的思念之苦，看到张猛可爱的小脸，她反而愈加思念斯翰；张骞整天忙于事务，无暇顾及她的感受，她的脾气变得越来越敏感、暴躁。

　　贺兰诺敏跳下马，低下身子用手抚摸着这片再熟悉不过的，曾经带给她幸福快乐的土地。而今，草色依然青翠，牛羊依然肥壮，可是她的家呢？那个曾与张骞一起驰骋草场、放牧牛羊的贺兰诺敏呢？她回头看了一眼正在和甘父说着什么的张骞，便再次骑上马，跟随队伍继续远征。

　　没有匈奴人的追杀，征途也变得不那么辛苦。可张骞这一路上依然无法让自己放松。他不停地在心中默记着所看到的一切，临睡前照例记载着。

　　这一次出使团队伍庞大，人财物的使用，每天的行程安排，这些张骞都要亲自过问并及时飞鸽传书，上报朝廷。

且说这乌孙国是游牧于河西走廊上的一支马上民族，原本是个小国。乌孙国昆莫难兜靡在与大月氏国作战时，被大月氏人杀害。

难兜靡被杀时，还在襁褓之中的儿子猎骄靡被遗弃荒野。反哺的乌鸦喂养猎骄靡，又有野狼为他哺乳。当时的匈奴冒顿单于听到后感到非常奇怪，他认为猎骄靡一定是神，便派人把猎骄靡接至帐殿之内，收养了猎骄靡。难兜靡之子猎骄靡长大后，自请单于报父怨，他的请求得到冒顿单于的支持，在匈奴的帮助下猎骄靡赶走了伊犁河流域的大月氏。冒顿单于的儿子老上单于还把大月氏的国王杀掉，并把国王的首级割下带回匈奴，把他的头盖骨当作酒杯来使用。大月氏国举族西迁复国，猎骄靡重新建立乌孙国，自己做了乌孙国的昆莫。

从小被匈奴人抚养的猎骄靡，自然也就成了匈奴的附庸。他对匈奴单于言听计从，多年以来，一直帮助匈奴侵扰周边国家。可是匈奴单于对越来越成熟的猎骄靡却不完全信任，他把身边的心腹谋士安置在猎骄靡的身边，目的是为了监视猎骄靡的一举一动。这对猎骄靡来说，无疑是一种侮辱，他的心里特别不舒服。这匈奴谋士呼且又与猎骄靡手下大将胡跋相勾结，经常以猎骄靡的名义发号施令。猎骄靡明知这些，却忌惮匈奴的势力，敢怒不敢言。

一路畅通的使团，没用多久便到达了乌孙国。预先知晓使

团到达的呼且和胡跋，早早在乌孙国城池中等候张骞一行人的
到来。

　　他们接见了张骞、甘父和贺兰诺敏三人。呼且看到张骞身
旁的甘父和贺兰诺敏都是匈奴人，开始有些诧异，进而变得十
分热络。

　　他用匈奴语主动和甘父、贺兰诺敏打着招呼。甘父无动于
衷，贺兰诺敏出于礼仪，礼貌地回应着。

　　张骞这边和乌孙大将胡跋正在谈话。呼且趁机和贺兰诺敏
寒暄：

　　"没想到夫人如此年轻靓丽，早听说夫人的儿子还在匈奴，
至今无法骨肉团聚，夫人不想他吗？"

　　呼且此言一出，贺兰诺敏的泪水一下子就涌了出来：

　　"为娘的日思夜想。无奈路途茫茫还有那么多阻隔……"

　　未等贺兰诺敏说完，呼且打断，小声说道：

　　"夫人若肯回归，呼且愿力促此事，定叫你们母子重逢。"

　　思儿心切的贺兰诺敏听罢，心一下子动了，她胡乱地点了
点头。这时，张骞与胡跋的谈话也终止了。只见张骞对胡跋说：

　　"那就有劳将军阁下了，速速禀告贵国昆莫早日召见我等。
拜谢。告辞。"

　　回到营地后，贺兰诺敏把呼且对她承诺的话告诉了丈夫。
张骞听后勃然大怒，他指着贺兰诺敏的鼻子，厉声道：

　　"敏儿，我告诉你！这个人万万不可理喻，他是匈奴人。"

"我也是匈奴人！甘父也是匈奴人！匈奴人怎么了？匈奴人一样为你生儿育女，一样为你挡避刀剑，与你出生入死！"

张骞的一句匈奴人，让贺兰诺敏怒气冲冲，她大声地与张骞争辩。

"敏儿，我不是这个意思，我是说……"

张骞本欲解释，不料贺兰诺敏来势汹汹，她不听张骞的辩解，自顾自地发泄着：

"原来在你心中，根本就没把我们当作亲人。翰儿与我们失散数载，身为父亲的你，非但不去寻找，反而阻碍我们母子团聚。于大汉，于皇上，你是尽忠尽义。于家呢？你根本就不是个好父亲。"

贺兰诺敏再也忍不住了，眼泪扑簌簌地打湿了脸颊。

2. 乌孙内乱

由于匈奴谋士呼且的挑唆，张骞与贺兰诺敏之间发生了争执。贺兰诺敏思子心切，她不顾张骞的反对，毅然决定去匈奴搭救儿子。

而此时，在乌孙边境等候召见的出使团成员们与守卫乌孙边境的乌孙兵士也发生了摩擦。

原来，使团的兵士们在甘父的带领下，一大早就在营地中央操练。大家正在操练格斗技巧时，一小股乌孙兵士冲到了营地，立即包围了正在操练的汉使团，其中一个乌孙兵士上前喝道：

"这里是乌孙国，岂容你们擅自动用武装？来人啊，都给我拿下。"

甘父欲上前制止，一个兵士跳出来，一下将甘父手中的刀抢了过去。甘父用匈奴话骂了一句。这兵士一愣，赶忙跑到领头的身边，两人耳语了一阵。

甘父正要动手，闻讯已从营帐之中走出来的张骞摆手制止。只见那兵士又折返到甘父身边，上下打量着甘父，甘父再次用匈奴语对他说：

"看什么看？老子就是匈奴人，你敢怎样？"

只见那兵士头都没敢抬，赶紧溜回了他的队伍中，又和那个当官的耳语了一番。只见那个人一声令下，乌孙兵士立时放下兵器，集合归队，转身离去。

大家见状哈哈大笑，连连问甘父：

"甘副使，你跟他说了些什么？怎么两句话就把他们吓跑了？"

另一个接口道：

"哪里是吓跑？分明这乌孙国就是匈奴的狗，主子一开口，奴才就不知道该怎么办了。"

大家继续哄笑着。

乌孙昆莫猎骄靡接到了胡跋的禀报：

“我王陛下，这汉使张骞傲慢无礼，根本不把我乌孙国放在眼里。而且他们的副使是个匈奴人，张骞的夫人也是匈奴人。陛下，一定要慎重处之啊！这些人也许根本不是什么大汉的特使，而是伊稚斜单于为了试探我们，也不得而知啊。”

胡跋的本意是把张骞他们驱逐出境。可猎骄靡听罢，却陷入沉思中。他果真相信了胡跋的话，莫非真的是伊稚斜为试探自己，而设的计？他真是下血本啊。也罢，先见见再说。于是令胡跋传信，召汉朝特使明日进宫。

当汉使团三百人的队伍雄赳赳地行进在乌孙王城的时候，乌孙王城沸腾了。他们看着后面跟着的上万只牛羊，几百匹战马，以及成箱的金银珠宝，成匹的丝绸锦缎，目瞪口呆。

“这是哪里来的队伍？这样富贵奢华。”

“不知道啊？看样子是从东方来的。”

“这是大汉王朝派来的特使。”

“啊，他们来这里干什么？来纳贡称臣吗？”

“你觉得呢？乌孙自己都是匈奴的附属，谁会来向我们称臣？”

人群中，大家在纷纷议论着。

乌孙国帐殿之上，昆莫猎骄靡接见张骞，张骞深施一礼，猎骄靡一副傲人的样子。他并没有还礼，只是微微一笑，说了声：

“赐坐。”

张骞立而不坐。

猎骄靡见此，喝问张骞：

"大胆汉使，寡人赐坐为何不坐？"

张骞大义凛然地回答：

"我大汉乃礼仪之邦，素行君子之为。我以礼相待，昆莫也应以礼相还。这礼数纲常关系我大汉国威，昆莫漠然处之就是在漠视我大汉君威。况我大汉既不是乌孙附属，又不受匈奴辖制，我来是行两国修好之事，昆莫既已应允面见张骞，就该以礼待之，不是吗？"

猎骄靡见张骞不卑不亢，侃侃而谈，又见张骞眉宇间的一缕正气，心中暗暗猜测，看来这个人不像是匈奴派来试探自己的。再看看张骞带来的金银珠宝，绫罗绸缎，便只好按照大汉的礼数，向张骞还礼。

接着，张骞把此次来行的目的向猎骄靡做了陈述，猎骄靡没有任何表示，只是基于礼节让张骞多留些时日。

猎骄靡收了汉武帝送来的厚礼，并招待了张骞一行人，却没有进一步的举动。张骞他们被安置到了一处幽静的营帐中，就没有人过问他们了。

张骞几次催促负责安置他们的乌孙朝臣，要求再次被召见，均被告知昆莫公务缠身，抽不出时间见张骞。

无奈，张骞只能继续停滞在乌孙国的王城之中，等待时机。张骞细心地观察着城中百姓和官员们的变化，试图从一些蛛丝马迹中寻找出昆莫对待匈奴和大汉的态度。他发现，匈奴兵将依然可以自由地出入城池，而且百姓对大汉知之甚少。

就这样使团又滞留了半月，甘父实在待不住了，他赌气对张骞说：

"兄长，我看这次来又是没戏，那个猎骄靡根本不打算跟大汉修好。"

张骞慢悠悠地回答：

"莫急！要稳住，我们静观事情发展。"

原来，猎骄靡这些天并不是有意冷落张骞，他正在计划一件大事。猎骄靡有十多个儿子，大儿子莫名早亡，猎骄靡一直怀疑他的大儿子是被匈奴人暗中杀害的。因为大儿子英俊潇洒，性格耿直不阿，也是猎骄靡的左膀右臂，深得猎骄靡的喜爱。猎骄靡早有意立大儿子为太子，可是没等仪式开始，大儿子便死了。

大儿子在临死前要父王立自己的儿子为太子，猎骄靡答应了儿子的请求。这个小王子在母亲伏娇子的抚养下渐渐长大。伏娇子是才貌双全的女中豪杰。她忍辱负重，含辛茹苦地将幼子岑娶抚养成人，目的是让儿子有朝一日继承王位，替他的父亲报仇雪耻。

这一日，猎骄靡召集满朝文武，在帐殿之上宣布了立岑娶为太子的决定。

大典之日，张骞和甘父受邀作为嘉宾也出席了立太子的大典。

在盛况空前的典礼上，小王子岑娶在众人的簇拥下，跪在帐殿的地上，等待着爷爷猎骄靡亲自为自己加冕。

正在这时，朝臣之中突然跳出一个人来，此人正是猎骄靡的二儿子大禄。只见他举着一把剑，直奔猎骄靡和岑娶而来，嘴里还不住地喊叫着：

"父王，您有十几个儿子，却要立孙子为太子，让我们这些做儿子的如何立足？我们哪一个不如大哥？在您心里永远都是死去的那个重要，您又何尝给过我们机会？"

他边说便挥动着手中的剑，逼近父亲猎骄靡的脖颈。而后又从人群中冲出几个人来，他们都是乌孙国的王子——猎骄靡的儿子。他们今天就是要趁父亲立侄儿为太子之机，一起谋反，逼迫父亲改弦更张。

这时，帐殿一片大乱。侍卫冲杀进来，围住了众人。大禄趁混乱挟持了父亲猎骄靡，情况十分危急。

只见胡跋从人群中一跃而起，他用手死死地抓住大禄的剑柄，与大禄打斗。大禄飞起一脚向胡跋踢去，胡跋再起，又扑向大禄，大禄再次把剑架在猎骄靡的脖颈上，威胁众人退后。

一直静候场上变化的张骞向甘父示意。危急关头，甘父偷袭到大禄身后，出手干掉了协助大禄的两个反贼。在张骞和甘父相助下，胡跋救下了昆莫猎骄靡。侍卫们也冲上来，与反叛者们厮杀起来，大禄和其余王子边战战退。侍卫们正要追击，被猎骄靡制止，他长叹一声：

"别追了，随他们去吧。"

3.世代修好

　　猎骄靡在众王子们拥兵造反后，便一病不起了。他为众王子们夺取太子之位不惜杀害年迈的父亲和年幼的侄儿伤心不已。而众王子们丝毫没有体会到父王的不杀之恩，他们拥兵一处，共同商议着如何废掉太子。面对儿子大禄的苦苦相逼，猎骄靡深感自己的身体每况愈下。他不是怕死，是担心自己死后，那帮王子们如何能够放过太子。即使废掉太子，这么多儿子谁来继承王位？看来一场血雨腥风在所难免了。那时候乌孙国必然陷入混战当中，这是猎骄靡不愿意看到的。他不想自己亲手夺回的江山就这样葬送在儿子们的争夺中。

　　正在他一筹莫展之际，又传来了太子病重的消息。原来这太子因为先天不足，有偶发抽搐的毛病，猎骄靡为他举国寻医，但都治不好他的病。这次宫变，太子受到了不小的惊吓，回到府中，便抽搐起来，情况非常危险。

　　当晚，张骞和甘父放心不下昆莫和太子的安危，便来到太子帐中探望太子。侍卫进去禀报，太子母亲伏娇子出门迎接。

　　张骞见伏娇子面色憔悴，便关切地询问太子的情况。伏娇子把太子抽搐一事告诉了张骞，张骞急忙毛遂自荐：

"骞粗通些汉朝医术，如果夫人不介意，让骞进去看看太子的情况。"

伏娇子点了点头。

张骞派人回使团营帐取来银针，先为太子把脉，然后拿出银针，在烛火上烧了一下，接着便在太子的几个穴位上各扎了一针，又在其他几个穴位上各扎了两针。

伏娇子看得目瞪口呆，她也不知道自己为何对张骞会如此信任，否则，怎么会让他这样随意的在太子身上扎这么多的针。

张骞好像看出了伏娇子的心思，便说：

"抽搐多为感受时邪，郁闭于内，化热化火或因脾虚湿盛，聚液成痰，上蒙清窍而致。用银针扎穴，可以疏通经络，使病症消除。"

果然，没一会儿工夫，太子的面色开始好转，醒过来了。

伏娇子看到苏醒过来的太子，激动万分。她握着张骞的手，上下摇动着，想以此来表达对张骞的谢意。

张骞含笑地摆摆手：

"夫人莫要客气，这都是太子的造化。天无绝人之路。"

张骞紧接着又问了一句：

"而今乌孙的局面，不知昆莫和太子想如何应对？"

伏娇子愁眉又是一皱，叹了口气，对张骞说：

"父王不忍他们骨肉相残，决定给大禄万余骑兵，让他们到别处立国。可是，我怕大禄拥兵自重，再生报复的恶念。张汉使，如何能摆脱困境让我儿在这乱世中立足？"

张骞听后也陷入了沉思，他感到大禄的反叛和当初的大王子被害一样，都是事先布好的局。他们的目的就是阻止猎骄靡设立这个太子，就像当初阻止设立蚤为太子一样。而这个始作俑者一定就是大禄背后的匈奴人。

张骞突然想到了夫人贺兰诺敏跟自己的争吵，也是源于一个匈奴人的挑唆。他一下子想到了那个人。于是他命令甘父带人深夜前往猎骄靡的帐殿之外打探动静。他料到这个时候，一定会有人给匈奴人传递乌孙国的消息，而那个人一定就是猎骄靡的谋士呼且。

果然不出张骞所料，甘父赶到猎骄靡殿外不久，便看到慌慌张张出逃的呼且。甘父没费什么力气，就把呼且五花大绑地押到太子帐中。

在甘父的逼问下，呼且交代了如何唆使大禄弟兄谋反的经过，还供出岑娶的父亲蚤当年也是被匈奴所杀，原因是匈奴人想让大禄当太子，而猎骄靡要立的储君却是蚤。

伏娇子听罢，伤心欲绝。她把牙齿咬得咯咯直响，愤恨地朝呼且就是一脚。

"可恶！你还我夫君命来！"

伏娇子再也按捺不住内心的愤怒，她把气都撒在了呼且的身上。她还想继续狠揍呼且一顿，但被甘父一把拦住。

　　张骞医好太子，并抓了呼且的消息很快便传到了猎骄靡的耳中。听说孙子没事，病榻上的猎骄靡一下子精神了许多。这几日，他的心里是矛盾的。他一方面感念匈奴单于救护自己的恩德，一方面又不愿意长此蜷伏于匈奴的肘腋之下。此番张骞奉汉武帝之命前来向他建议返回敦煌、祁连间故地，以便与汉朝共同对付匈奴的时候，他本欲婉言谢绝。他认为年老国分，不能专制，而且乌孙大臣不了解汉朝的国势，又畏惧匈奴的淫威，乌孙不可能迁回故地。

　　可是张骞的德行和才能令他敬佩不已，他觉得能拥有这样良臣的君王，也一定是个晓义的明君。倘若自己答应了张骞的请求，势必会引火烧身，匈奴单于是不会善罢甘休的。而此时，自己的儿子们又来添乱，让他无法作出最正确的判断和抉择。

　　呼且被抓是在他的意料之中，他感谢张骞替自己除掉了身边的眼线。没有了匈奴的盯梢，他的日子也能够过得自在一些。至于大禄，毕竟是自己的亲生骨肉。他不想他们手足相残，更不想让他们碌碌无为。他感叹自己是真的老了，连心都变得柔软起来了。

　　张骞一行人继续在乌孙逗留。张骞一边搜集风土人情，加以记录；一边帮助乌孙百姓做一些有益的事情。他为乌孙带去的先进的汉朝农耕技术，让乌孙人对汉朝使者大为敬重。更多的乌孙人慢慢地知道了在遥远的东方有一个地大物博、国富民强的大汉王朝。

分裂出去的大禄遭遇了姑墨人的伏击，所率军队被姑墨人打得四处逃窜。正在大禄无计可施、坐以待毙之时，侄子岑娶和胡跋带兵赶到，帮助大禄打跑了姑墨人。

岑娶拉着大禄的手说：

"叔父，跟我回去吧，您和乌孙的骨肉之情是难以割断的，就像爷爷舍不得惩治您一样，您要杀他，他还要给您万余骑兵，让您到别处立国。"

大禄听后深感惭愧。乌孙国帐殿之上，他跪在地上求父亲猎骄靡和侄儿岑娶的原谅。猎骄靡和岑娶不计前嫌，封大禄为镇国王，让他管辖乌孙大片的疆域。

张骞趁机向猎骄靡和岑娶提出乌汉两国和亲的建议，猎骄靡大喜，随即颁下诏书：乌孙子民，与汉朝世代修好。他终于知道只有联合大汉，才能不受匈奴的辖制。

张骞再访乌孙，取得了重大的进展。张骞在乌孙深受百姓的爱戴和尊敬。大宛、康居、大月氏、大夏、身毒、于寘、扞罙等国看到连本同匈奴沆瀣一气的乌孙国都与大汉结为邦交，便派人主动联系张骞。张骞派甘父顺路分别访问了这些国家，扩大了西汉王朝的政治影响，也增强了相互间的了解。大汉使者们的足迹遍及中亚、西南亚各地，使者最远到达了地中海沿岸的罗马帝国和北非。

张骞出使乌孙的使命终于完成了。元鼎二年（前115年），猎骄靡为使团配备了翻译和向导，护送张骞回国；还派出数十名乌孙使者与张骞同行，这是西域人第一次出使中原。

一直被甘父囚禁的呼且趁使团准备回国之机，伺机逃跑，被贺兰诺敏发现。当她认出此人正是当年说服自己去匈奴寻子的那个谋士时，便偷偷为他准备了一匹快马。呼且正欲上马，被及时赶到的甘父发现，甘父搭弓一箭，呼且应声倒地。甘父正欲劈刀而下，呼且大喊：

"枉你也是匈奴人，竟然做汉家走狗，你和那个贼妇一样可耻，都是我匈奴的叛徒，知道吗？张骞的那个儿子张斯翰，早已被单于杀死了，你们也会像他一样不得好死的。"躲在一旁的贺兰诺敏听到呼且此言，气往上涌，她不顾一切地冲出来，拔刀怒向呼且砍去。

此时，贺兰诺敏才知，她是真的上了呼且的当。她羞愧难当，骑上马便向草原深处奔去。甘父一见来不及追赶，便大声呼喊帐内的张骞。张骞策马追赶，终于追上了贺兰诺敏。他跳下马，紧紧地抱住妻子，唯恐再次失去她。夫妻二人和好如初。

使团出发了。在大家的依依不舍中，张骞一行人与乌孙国百姓告别。甘父一回头，发现乌孙使团的领头人正是伏娇子。

尾声

≈

英雄暮日

“张大人，张大人……到家了……”

赶车的童儿轻轻在张骞的耳边召唤。

张骞慢慢睁开眼睛，刚才他没有睡着，只是沉浸在这一生的往事里面。他闭着眼睛，时而是大漠风沙漫漫，时而是厮杀阵阵、马蹄声声，时而是小儿张斯翰的呼喊……

张骞的夫人贺兰诺敏在胡城等候，见马车停下，带着儿子张猛快步迎上。

“爹爹！”

张猛快活地喊，张骞一下子精神了许多。

张骞下了马车，抱抱乖巧的儿子，看着依然美丽的妻子贺兰诺敏。

贺兰诺敏关心地询问张骞病情，张骞摆手：

“不碍事，就是偶感风寒。快，快，带我去见义弟吧！”

贺兰诺敏不动，张猛抢着说：

"爹爹，干爹已经走了……"

"什么？"

张骞一个趔趄，险些摔倒。

"你说什么？甘父他……"

贺兰诺敏点头，证实了张骞的担忧：

"义弟月前去世，走得很安详。"

张骞泪眼婆娑，几度哽咽：

"也罢，也罢，人固有一死，义弟侠肝义胆，一生荣光，值得了。"

进了家门，酒菜已经备好。张骞勉强拿起筷子，吃了几口，草草了事。贺兰诺敏要请郎中给张骞诊病，张骞婉拒：

"先前长安的郎中已经开了药，一直在吃。这次也带回来了。"

贺兰诺敏担忧地说：

"郎君，这次风寒看着跟以往不同，你还是多加注意。"

"无妨，夫人放心。"

张骞回答，然后一阵剧烈的咳嗽袭来。

贺兰诺敏不放心，还是喊童儿问询。暗地里叮嘱他到几里外的邻村叫郎中。

张骞咳嗽过后，面色红润，贺兰诺敏看张骞脸色好转，放下心来。试探地询问张骞此次去常山办理刘勃一案的情况。

张骞沉吟半天，叹息一声。

　　原来，汉景帝一生共有十四个儿子，其中王皇后生汉武帝，王皇后的亲妹妹王夫人生了四个儿子，最小的儿子叫刘舜。刘舜在景帝中元五年（前145年）被封为常山王，汉景帝比较宠爱这个最小的儿子。刘舜死后，他的儿子刘勃继承了王位。这刘勃跟他爹一点好没学，仗着跟汉武帝的关系为所欲为。

　　刘舜有一个不被他宠爱的妾，生下长男刘棁。刘棁因为生母不被宠爱，也不得刘舜喜欢。刘舜的姬妾很多，他所宠幸的姬妾为他生下儿子刘平、刘商，王后很少得幸。刘舜病重时，那些被宠幸的姬妾常去侍候，王后因为嫉妒的缘故不常去问病侍疾，总待在自己的屋子里。医生呈进医药，太子刘勃不亲自尝药，又不留宿王室侍疾。等到刘舜去世，王后、太子才赶到。刘舜向来就不把刘棁当作儿子看待，死后又不分给他财物。郎官中有人劝谏太子、王后，让诸子和长子刘棁共同分财物，太子、王后不肯。太子继位之后，又不肯收纳抚恤刘棁。刘棁因此怨恨王后、太子。

　　汉朝派使者来视理刘舜丧事时，刘棁亲自告发刘舜生病时，王后、太子不在床前侍候，刘舜去世才六天就离开服丧的屋子，以及太子刘勃私下饮酒取乐、赌博为戏、击筑作乐，与女子乘车奔驰，穿城过市进入监狱探看囚犯的种种罪行。

　　按照大汉当时戒律，刘勃触犯的哪一条律令都不轻。

　　刘棁实名举报，汉武帝左右为难。这个事情，说白了是汉武帝的家事。派谁去处理比较好呢，汉武帝思来想去想到了张骞。汉武帝觉得张骞最懂他的心思，一定能处理好这件事。

哪里想到汉武帝这次看错了张骞。张骞刚正不阿，不畏强权，到了常山搅起了惊天的波浪。刘勃有恃无恐，先是不理不睬，后来发现张骞来查办此事是玩真的，马上换了一副面孔，重金贿赂，不想张骞根本不吃这一套。刘勃就毁灭证据，威逼证人，杀人灭口。

刘勃派刺客行刺张骞未果，最后在酒中下毒。甘父为了保护张骞，替他饮下毒酒。甘父有功夫在身，吐出一些毒酒，不过还是中毒很深，没有办法协助张骞继续办案。张骞派人护送甘父返回城固胡城调养。

临走之时，兄弟二人抱头痛哭。甘父劝张骞对此案还是不要较真为好。张骞送别甘父，内心挣扎良久。张骞彻夜不眠：难道汉武帝真像甘父揣测的那样，叫他来做个样子，平衡一下民怨，然后大事化了；还是要他主持正义，惩办恶人呢？

张骞权衡再三，还是决定赌上一把。张骞赌汉武帝不徇私情，是一位开明的君主。他坚持正义，取证充分，刘勃虽然耍了很多手段，最终还是没有逃脱惩罚。

刘勃被抓的时候脸色苍白，腿肚子直哆嗦。他没有了开始见张骞时候的威风，但嘴巴还是很硬：

"张骞，你不放我一条生路，那你就是死路一条。这是我们刘家的事，跟你一个贱民有何关系？用不了多久，圣上就会再次放了我，到时候我照样逍遥。"

很显然，刘勃也赌了一把，他把自己活命的希望也押在了汉武帝的身上。

回朝见驾，张骞陈述常山办案的经过，有理有据的呈报上去。当着满朝文武，汉武帝面沉似水，待张骞说完，一句未发，拂袖而去。

文武百官小声议论，张骞犹如一盆冷水浇头。

回到驿馆，张骞托朝中重臣捎信给汉武帝，要亲自面圣详谈。重臣不久回话，转达汉武帝的意思：不见！

张骞顿时愣住了，就是说，在处理刘勃这件事情上汉武帝是极其不满的。张骞想起当年自己揭皇榜时皇帝微服见他的场景……光阴荏苒，如今物是人非，圣上已经对自己心冷……可是，这大汉律令，国法纲常就不要了吗？圣上不是一直在说王子犯法与庶民同罪吗？

张骞一股急火，喷出一口热血……

张骞病倒，紧接着传来汉武帝对这件案子的处理结果。张骞以为，汉武帝虽心里有不满，但是在律法面前还是能够秉公处理的。谁想到汉武帝下旨，刘勃案是因为皇后没有好德行，才使得刘棁告发她的罪行，所以干脆把皇后废掉。刘勃的过错，是因为没有好老师教。将刘勃及家属迁徙到汉中房陵去住。

如此荒唐透顶的决定叫张骞心灰意冷。刘勃得意扬扬，从张骞所住驿馆招摇而过。张骞目睹此情此景，内心的抑郁加重了风寒的病情。张骞请假还乡休养，没想到汉武帝一口应允。

随行只有一个小童，两人驾驶马车返回城固……

听完张骞的讲述，夫人贺兰诺敏深深地理解夫君内心的痛苦。夫妻二人深情相拥，张骞突然说：

"敏儿，还记得那年在匈奴我教你吟唱的歌赋吗？"

"当然记得，夫君累了吧，你躺好，我吟唱一曲伴你入眠。"

"好，好……敏儿，我睡了……"

张骞躺下，贺兰诺敏低声吟唱起来：

> 秋风萧萧愁杀人。
>
> 出亦愁，入亦愁。
>
> 座中何人谁不怀忧？令我白头。
>
> 胡地多飚风，树木何修修！
>
> 离家日趋远，衣带日趋缓。
>
> 心思不能言，肠中车轮转。

在贺兰诺敏的吟唱声中，丝路使者张骞憨憨入睡，但这一睡就再没有醒来。门外，是撼哭的儿子张猛，不远处童儿驾驶马车拉着郎中疾驰而来……

那一年是元鼎三年（前114年）十月，陕西城固大地上正是稻米飘香的季节。

附录

≋

张骞生平大事记

汉武帝建元元年（前140年）为郎。

建元二年（前139年）汉武帝想联合大月氏共击匈奴，张骞应募任使者，出陇西，经匈奴，被俘。

在匈奴十余年，娶妻生子，但始终秉持汉节。元朔元年（前128年）逃脱，西行至大宛，经康居，抵达大月氏，联合计划遭到拒绝，后再至大夏，停留了一年多才返回。

元朔二年（前127年）在归途中，张骞改从南道，依傍南山，企图避免被匈奴发现，但仍为匈奴所得，又被拘留一年多。

元朔三年（前126年），匈奴内乱，张骞趁机逃回汉朝，向汉武帝详细报告了西域情况，汉武帝授以太中大夫。

元朔六年（前123年），张骞随卫青征匈奴，有功，封博望侯。

元狩元年（前122年），张骞奉命出使西南夷，试图打通从蜀地经西南夷至身毒再往西域诸国的路线，终因路险荒蛮而不达。

元狩二年（前121年），与李广出右北平击匈奴；张骞因迟误军期，当斩，用侯爵赎罪，得免为庶人。

元狩四年（前119年）后张骞复劝武帝联合乌孙，武帝乃拜骞为中郎将，率三百人，牛羊金帛以万数，出使乌孙。张骞到乌孙，分遣副使往大宛、康居、月氏、大夏等旁国，此行取得了很大的成果，西域各国派使节回访长安。乌孙遣使送张骞归汉，并献马报谢。

元鼎二年（前115年），张骞还。汉武帝封张骞为大行，位列九卿。

元鼎三年（前114年）张骞查办刘勃案。同年，张骞去世。葬于今城固县博望镇饶家营村。